文春文庫

やれやれ徳右衛門

幕府役人事情

稲葉 稔

文藝春秋

目次

やれやれ徳右衛門

幕府役人事情

この作品は「文春文庫」のために書き下ろされたものです

第一章　拾い物

一

「ここでよい。おまえは先に帰れ」

服部圭吾は急に思いついたように立ち止まって、中間の五兵衛に指図した。

「今夜はお帰りになるんで……」

そう訊ねる五兵衛を、圭吾はひとにらみした。

「おぬしが懸念することではない。さ、行け」

顎をしゃくると、五兵衛は小腰を屈めて歩き去った。そこは四谷御門を出てすぐの、麹町十一丁目の入り口だった。

圭吾は後ろを振り返った。上役の与力や朋輩同心の姿はなかった。

ひとつ息を吐いて足を進めた。行き先は決まっている。麹町十一丁目から四谷伝馬町一丁目を抜けて、甲州道中に出た。

日は傾いているが、日射しは強いままだ。

往還沿いにある商家は、揃ったように日除けの葦簀をかけている。風が吹くと、乾ききった道の表面を被っていた土埃が舞いあがった。

圭吾は四谷伝馬町二丁目を左に入った。その先に四谷南伊賀町がある。

このあたりまでくると、武士の姿は見かけなくなるので、圭吾は目立つことになる。おまけに肩衣半袴という登下城のなりだ。圭吾に気づいた町人がよけるように道を歩く。

圭吾は足を急がせた。一度組屋敷に戻ってくるべきだったか、と頭の隅で思う。

だが、気持ちが急いていた。一棟の長屋に入ると、一番奥の家まで進んで腰高障子の前で立ち止まった。

「おかよ、おれだ。開けろ」

低声で呼びかけて戸をたたいた。

すぐに戸が開き、おかよが目の前に姿をさらした。

「そんななりで、目立つではありませんか」

「わかっておる」

圭吾はおかよを押し戻すように家のなかに入ると、後ろ手に戸を閉めた。そのまま強くおかよを抱きよせ、口を吸った。おかよも応じ返してくる。

「いったいどうしたんです」

おかよが唇を離して見つめてきた。

「一度屋敷に帰ろうと思ったのだが、急におまえに会いたくなった。そう思うと矢も盾もたまらなくなったのだ」

「嬉しいことを……」

圭吾はおかよの言葉を遮るように、もう一度口を吸った。吸いながら居間に押し倒し、おかよの浴衣をほどきにかかった。

裏の戸は開いているが、風が入ってこないので、部屋のなかには熱気が充満していた。

どんなに暑かろうが、圭吾の若い欲を抑えることはできなかった。おかよもそんな圭吾の求めに応じる。いつしか二人は一糸まとわぬ姿になっていた。

圭吾は二十二。

おかよは二十歳だった。

「おまえがいなくなっているのではないかと心配になったのだ」

とりあえず欲求を満たした圭吾は、ごろりと横になっていった。荒れた呼吸を整えるために、天井を向いて大きく息を吸って吐いた。

「わたしは逃げたりなんかしませんよ」

「そういうことではない」

圭吾はゆっくり顔を横に向けておかよを見た。

「連れていかれたのではないかと、心配になったのだ」

おかよは、ふっと微笑し、手をのばして、圭吾の鼻と唇を指先でなぞった。

「わたしはこの長屋から一歩も出ていませんから」

「しかし、長くここにいると変にあやしまれるかもしれぬ。住んだはいいが、どこにも行かずに、働きもせずにいるのだからな」

「そんなことといわれても、他に行くあてはありませんから……」

「そうなのだ。……水をくれるか」

おかよは半身を起こすと、浴衣を肩にかけて台所に立った。圭吾は脱ぎ散らかした着物のなかから、襦袢を引き寄せて羽織った。

「それにしてもひどい暑さだ」

圭吾は水を受け取ると、ゴクゴクと喉を鳴らして飲んだ。

「ここはとくに暑いのです」

おかよは団扇を使って、圭吾に風を送ってやった。

「変わったことはないのだな」

「ありません」

おかよは首を振って圭吾を見つめる。圭吾も見つめ返す。白くてきめの細かい肌が、腰高障子越しのあわい光を受け、うっすらとした桃色になっている。長い睫毛の下に、猫のように大きな黒い瞳がある。

「わたしは、やはり服部様にご迷惑をかけているのでしょうね」

おかよは睫毛を伏せて細いため息をついた。

「そんなことはない。おれはおまえを助けたいのだ。どうすればよいか、最善の手を毎日考えているのだが……」

圭吾は小さく唇を嚙んで、板壁の隙間から射し入る光の条を眺めた。そんな様子をおかよは、すがるような眼差しでじっと見つめる。

遠くから豆腐売りの声が聞こえてきた。

「とーふぃ、とーふ……」

その声がきっかけだったように、圭吾はおかよに顔を向けなおした。

「とにかく何かよい手立てがあるはずだ。もう少し辛抱してくれるか」

「はい、わたしは服部様だけが頼りですから」

おかよはそういって、圭吾の胸にしなだれてきた。

二

組屋敷の自宅に帰ったのは、夜四つ（午後十時）近い刻限だった。

圭吾はひとり暮らしである。おりきという飯炊き女と、中間の五兵衛を雇っているが、二人とも通いなので夜はひとりである。

できればおかよを住まわせたいのだが、それは無理なことだった。出会った当初は屋敷に連れてきて、住まわせてみたのだがわずか四、五日のこととはいえやはり同じ組屋敷の与力や同心の目が気にかかった。

五兵衛も飯炊きのおりきも、おかよの素性を知りたがった。

「いろいろ込み入った事情があるのだ。だが、決してあやしい女じゃない。お峯は従妹なのだ」

圭吾は偽名を使って、従妹ということにした。だが、五兵衛もおりきも信用した顔ではなかった。おかよの素振りや話し方を聞けば、嘘だとわかる。

だから、用心のために、

「しばらくうちで面倒を見るが、お峯のことは他言無用だ」

強くいい含めたが、おりきは口が軽いので信用がならなかった。

それに、同輩の同心からも、

「服部、おぬしの家に若い女がいるそうではないか。いったい誰だ?」

と、いわれたことがある。

ドキッとしたが、顔色を変えずに、

「なに、あれは従妹ですよ。しばらくうちに遊びに来ているのです」

と、誤魔化したが、すでに噂になっているのだと悟った。

危険を察知した圭吾は、おかよに家を借りて住まわせることにした。それが、
いまおかよが住んでいる四谷南伊賀町の長屋だった。


「長屋はよいと思ったのだが……」

我に返った圭吾は、燭台の炎を見つめた。

蚊遣りの煙が座敷に漂っている。

ぐい呑みの酒に口をつけ、金がほしいと思った。その前に、おかよの居場所をどうにかしなければならない。

長屋に住まわせるのは妙案だと思ったのだが、かえってよくない結果になりそうだ。そうなる前に手を打たなければならぬ。

(しかし、なぜこの女とこうなってしまった……)

圭吾は胸中でつぶやき、出会ったときのことを思いだした。

あれは長い梅雨がようやく明けた日の晩だった。


その日、圭吾は朝番の勤務を終えた帰りに、木挽町まで足を延ばして、蝶々屋という居酒屋に入った。翌日は非番だったので、気が大きくなっていた。

「服部さんも立派な幕府のお役人になられました」

そういって酌をしてくれるのは、お時という女将だった。明るくて気っぷがよく、客の面倒見がよいからお時を慕ってくる客は少なくない。

圭吾はこの店の近くにある剣術道場に長く通っており、金がなくてもお時は出世払いでいいと、飯を食わせてくれたり、酒を飲ませてくれた。

お時があまりにも潔いので、客はめったに不義理をしないし、もし不義理をすれば、みんなの鼻つまみ者になり、蝶々屋の敷居は二度とまたげなくなった。

「女将もたまには付き合ってくれ」

久しぶりにお時の元気そうな顔を見たので、圭吾は気分がよかった。

「それじゃ遠慮なくいただくわ」

お時は快く圭吾の酌を受けた。

もう五十近い大年増なのに、目尻にしわを寄せて笑うと、妙に色っぽかった。

それにふくよかな体は客に安心感を与えた。

そのうち、顔見知りが何人かやって来て、圭吾と合流して酒盛りとなった。みんな道場仲間で、今ではそれぞれの道を歩いていた。

圭吾は先手組に仕官し、幕府役人となったが、同じように番方の役人になっている者もいたし、近くの大名家の家臣もいた。とにかく久しぶりに顔をあわせての酒なので、話も尽きなければ、酔いもした。

気づいたときには、すっかり夜の闇が濃くなっていた。勘定をして表に出ると、梅雨明けの夜空に大きな月が浮かんでいた。

木挽町から自宅の組屋敷までは、一里半ほどの距離である。酔っていなければ、歩くことなど苦ではないが、帰路には坂道が多いのできつい。

町駕籠を拾おうかと思ったが、そんなときにかぎってなかなか見つからない。

圭吾は家路を辿りながら駕籠を探すことにした。

芝口一丁目に差しかかったとき、強い尿意を催した。

さいわい人通りは絶えているし、堀のそばは蔵地になっている。圭吾は蔵と蔵の間の路地に入って用を足そうとした。

ところがその路地奥に人の気配がある。黒くうごめく影に目を凝らすと、生白い足が見えた。

(女……)

そう思って足を進めると、いまにも泣きそうな震え声で「助けてください」という。

「どうしたのだ？　誰かに乱暴でもされたか……」

そばに行って女の肩に手をかけると、女は身を守るように体をまるめて、

「助けてください。わたしはそんなつもりじゃなかったんです」

と、わけのわからないことをいう。

「何やら困っている様子だな。よいからわけを聞こう。わたしはあやしい者ではない」

女は瘧（おこり）にかかったように震えていたが、やがてあきらめたように圭吾についてきた。女の着物は乱れていた。髪もほつれていたし、鼻緒の切れた草履を抱くように持っていた。

「誰か悪いやつにでも追われているのか？」

歩きながら訊ねるが、女は否定とも肯定ともつかない首の振り方をする。

「とにかく落ち着いて話を聞こう」

「追われているんです。助けてください」

女ははっきりそういって、圭吾の腕にしがみついた。

圭吾は芝口橋のそばに知っている船宿があったので、とりあえず女をそこへ連れていって事情を聞くことにした。

女は人に顔を見られないように始終顔を伏せていたが、客間で向かいあったとき圭吾は、はっとした。着物も髪も乱れていたが、女の顔は整っていた。目鼻立ちがはっきりしているし、若くもあった。

「それで、いったいどうしたというのだ？」

熱い茶が届けられてそれを飲んでから、圭吾は女に訊ねた。しかし、女の口は堅かった。いい淀むばかりで、開きかけた口はすぐに閉じられた。

「追われているといったな。誰に追われているのだ？」

「……手代さんです」

女は長い間を置いてからそういった。

すると、一旦開いた口はなめらかになった。

女は芝浜松町にある瀬戸物問屋に勤めていたのだが、その日の暮れ方、手代に呼ばれて二階の座敷に上がったところ、いきなり隣の布団部屋に押し込まれて口を塞がれ、乱暴されそうになった。

女は必死に抗って、手代の手から逃れたが、階段口で捕まってそこでまた揉み合いになった。その最中に、女が強く手代の肩を押しやると、そのまま手代は階段から転落して動かなくなった。

女は茫然と階段の上で立ち尽くし、身動きしなくなった手代を眺めていたが、急に怖くなって飛び出すようにして店から逃げたのだった。

「それじゃ手代が悪いのではないか。それに死んでいるかどうかはわからぬだろう」

「いえ、もう息をしていませんでした」

「たしかめたのか？」

女はいいえ、と首を振った。

「店には他にも人がいたのではないのか」

それがその日の夕刻に、ほとんどの奉公人が主夫婦に連れられて、蛍狩りに行ったという。残っていたのは、手代と女だけだった。

圭吾は思案した。もし手代が死んでいれば、理由はどうであれ女は人殺しである。そして、女は店から逃げだし、行方をくらましている。

ほんとうに手代が死んでいれば、いまごろは店に戻った奉公人たちが大騒ぎしているはずだ。

「助けてください。わたしはどうすればいいかわからないんです」

女は圭吾の腕にすがりついてきた。

「わかった。明日はおれも休みだ。今夜ひと晩様子を見て、どうするか決めよう。行くところはあるのか？」

女は首を振った。

圭吾は短く考えて、近所の出会い茶屋でひと晩過ごすことにした。そのことを女に告げ、人目を避けられる安全な場所だと説得すると、女はまかせるといった。

そして、その夜、圭吾と女は深い結びつきとなった。

ジジッと燭台の芯が鳴ったのに気づいて、圭吾は我に返った。

ぐい呑みに入っている残りの酒をあおり、口から垂れそうになった滴を手の甲で拭った。

「おかよをあの晩抱いていなければ……」

圭吾は声に出してつぶやいた。

あまりにもおかよの体は素晴らしかった。圭吾はたったひと晩で、おかよを離したくない、自分のそばに置いておきたいと思った。だから、おかよを守ることにした。

「おれは、間違っているのか……」

宙の一点を見つめながら自問した。そして、自答した。

「どうであれ、おれはおかよを守りたい」

その気持ちに変わりはなかった。

三

二日後の朝だった。

「おりき、長い間世話になったが、明日からもう来なくていい」

圭吾は朝餉の膳部を運んできたおりきに告げた。

「へッ……」

突然のことにおりきは目をまるくした。

「何かと物入りでな。おまえを雇っておくことができなくなったのだ。急なことで申しわけないが、そうしてくれ。それから、これはほんの気持ちだ」

圭吾は用意していた金包みを、おりきにわたした。

「旦那さん、何かわたしは粗相でもしましたか……」

おりきは心付けを受け取ったあとで、不安そうな顔を向けてきた。三十過ぎの女だが、色が黒くしわも多いので十歳は老けて見える。それでも亭主持ちだ。

「粗相などしてはおらぬ。よくやってくれたと感謝している。だが、もう雇えぬのだ。それだけだ」

圭吾は、話はそれで終わりだとばかりに、食事にかかった。

朝餉を終えると、着替えをしながら庭を眺めた。

朝の早いうちは涼しい風が吹き込んでくるが、日中は暑さが厳しくなっている。

それだけに、夜露に濡れた朝顔がすがすがしく目に映った。

「では行ってまいる」

圭吾はいつものように、玄関先で見送ってくれるおりきに背を向けて城に向かった。

「旦那、おりきを馘にしたんで……」

挟箱を持つ五兵衛が、おそるおそる聞いてくる。

「やめてもらっただけだ」

「それじゃ、明日からの飯炊きはどうなさるんで……」

「おれがやる」

「旦那が……」

「なんだ、おれがやってはまずいか。おれだって飯ぐらい炊ける。余計な心配は無用だ」

圭吾は不機嫌そうにいって足を速めた。

今日からしばらく朝番である。持ち場の下梅林門には、五つ（午前八時）前には着かなければならない。その分家を出るのが早いが、八つ（午後二時）には仕事を上がれる。

下城したらおかよを迎えにゆく。そのことを考えるだけで楽しくなる。反面、無事でいるだろうかという心配もある。

おりきをやめさせたのは、代わりにおかよを女中の形で家に置くためだった。五兵衛はまた勘繰るだろうが、父の代から仕えている従順な下僕なので御することはできる。

昨日、なぜそのことに気づかなかったのだろう、これぞ妙案だと納得していた。女中なら周囲も疑いの目を向けることはない。おかよも女中になりきっていれば、当分は安泰のはずだった。

「服部……」

声をかけられたのは、四谷御門を抜けた先だった。

「これは浜野様、おはようございます」

上役の与力、浜野徳右衛門だった。先の茶店で休んでいたのか、水に浸した手拭いを絞って首筋にあてがったところだった。

「こうやると、暑さをしのげるのだ」

徳右衛門はそういって、親しみやすい笑みを向けてくる。

「はあ」

「今朝は早く家を出すぎてな、そこの茶店で一休みしていたのだ。だが、夏場は朝の早いうちに家を出るのがよい。それにしても今日もまた暑くなりそうだ」

徳右衛門はのんきなことをいって、中天に向かって昇る日をまぶしげに見あげた。

「いっしょにまいろう。小平次(こへいじ)、早く来い」

徳右衛門は茶店のなかにいる自分の中間を促して歩きだした。

「服部、いくつになった?」

「二十二です」

「早いな、もうそんな年になったか。するとそろそろ嫁をもらわねばなるまい」

「は……」

「誰か来手はいるのか? それとも心に留めた女がいるとか……」

「いえ、それはまだ」

圭吾は照れたようにうつむいたが、おかよの顔を脳裏に浮かべた。

「まあ、急ぐことはないだろうが、そろそろ嫁取りを考える年だ。おぬしはなかなかの色男だ。うちの妻がよくいっておる」

「なんと……」

「役者にしてもおかしくない男ぶりだとさ。お世辞ではないぞ。うちの愚妻はお世辞が苦手だからな」

徳右衛門はワハハハ、と勝手に笑う。

気さくな上役なので接し易いが、ときどき間が抜けたことをいう人だと思うことがある。それでも、頑固でうるさい上役よりはましだ。

「梅雨の時季はうっとうしいが、これからは暑さが厳しくなってくる。これにもまいる。厳しい冬の寒さよりはましだが……。服部、暇なときは何をしておるのだ」

「はあ、これといってとくに……」

清水坂を下ったところで、たまにはこっちを行くかと、徳右衛門は大名屋敷地を内堀のほうへ向かう。圭吾も仕方なくあとに従う。

「剣術の鍛錬はしておるのだろう」

「たまにはやりますが、以前ほどではありません」

「まあ、そうだな。役目のためとはいえ、わたしも昔のように熱心にはなれぬ」

「浜野様の腕は並みでないと聞いていますが……」

「そんなことはない。買い被られているのだ」

「しかし、五人抜きとか六人抜きをやられたと聞きましたが」

「あれはまぐれだ。今度試合があったら、あっさり負けてしまうだろう」

「まぐれで五人抜きや六人抜きはできないと思いますが……」

「困ったな。そんな噂が広がるのは困る。ほんとに困ったことだ」

やれやれ、と徳右衛門はため息をつく。

なぜか、そのことがおかしくて、圭吾はくすりと笑った。

「なんだ……」

徳右衛門が後ろ首にあてている手拭いを取って見てくる。

「なんでもありません。でも浜野様はお強いのですよ」

「また、そんなことをいう。そんなことはないのだ。やれやれ、困ったもんだ。服部、もうそのことはいわないでくれ。広めてもならぬぞ」

「わかりました」

圭吾は笑みを浮かべて応じた。

徳右衛門と歩いていると、なぜか肩の力が抜ける。ここしばらく自分は相当気を張っていたのだと、気づかされた。もちろん、それはおかよのことがあるからだが。

しかし、今日からおかよはうちの女中になる。

四

「朝はいくら早くてもかまわないのですが、下城時のこの暑さにはまいります」

徳右衛門といっしょに歩いている飯田英三郎がぼやいたのは、内桜田門を出たところだった。

「それは誰しも同じだ。夏は暑い。その暑さを楽しむ。そのぐらいの心のゆとりを持てば夏の暑さなどどこかへ飛んでゆく」

「さすがです。暑さを楽しむですか……いや、そういわれてみればそうですね」

英三郎が感心顔をしたとき、待っていた小平次が日陰からそばにやってきた。

英三郎の中間も荷物を受け取りにくる。

今日は大手門を使わず、内桜田門から登城して持ち場についたのだった。お城の門には格式があり、大名の石高などによって使える門が定められている。

大手門は十万石以上の譜代大名の通用門である。その日は、この譜代大名たちが大勢登城するので、徳右衛門たちは大手門の通行を控えたのだった。

そして、いま通ってきた内桜田門は、五万石以上の譜代大名の通用門である。

ちなみに、一ツ橋門は譜代二万石以上、竹橋門は譜代一万石以上、常盤橋門は三万石以上の外様大名、呉服橋御門は二万石以上の外様大名などと、それぞれに決まっていた。

正月の参賀やその他の行事がある際、各大名が同じ門を使うと混乱するので、そのような取り決めがなされているのである。

「そういえば、今日、服部圭吾と中食（ちゅうじき）をされていましたね」

「うむ」

「あれはちょっとおかしいのです」

「おかしいというと……」

英三郎は痩せているが背が高い。徳右衛門は見あげなければならない。

「いえ、わたしもしかと見たわけではないのですが、町の女を屋敷に引き入れているとか、町の女の家に入り浸っているとか、そんなことを耳にしたのです。たしかにいっとき、若い女を屋敷に置いていました。従妹ということでしたが、どうもそうは見えなかったのです」

「町の女というと、まさか女郎崩れというのではあるまいな」

「女郎崩れかどうかわかりませんが、何だか陰気な女に見えました。いえ、ちらりと見ただけなのですけどね。ちょっと気になっていたのです」

「いまもそうだというのか……」

「しばらく見ていませんが、よく屋敷をあけて出かけるのはたしかです。悪い遊びをしていなければよいのですが……」

英三郎は心配顔になって首筋の汗をぬぐった。

「中食だけでなく、今朝は服部と登城したが、そんな話は出なかった。まあ、わたしは嫁取りの話をしたが、あやつは何もいっておらなかった」

「もし、悪い女に引っかかっていれば、いえることではありません」

「さようか。しかし、あの男はなかなか爽やかな青年だがな。間違いを犯すような男ではないはずだ」

「だから、かえって心配なのです。しかし、出しゃばったことをしたばかりに、反感を持たれるのも考えものですから、わたしは黙って見ているのですが、浜野様の忠告ならあれも聞くはずです」

「何だおぬし、服部のことを疑っているのか……」

徳右衛門は英三郎の言葉に、不快を覚えた。

「そうではありませんが、間違いがあっては、上役の責任にもなりかねませんから」

もっともなことであるが、まさか服部圭吾が間違ったことをしているとは思いたくなかった。

だが、英三郎に警鐘を鳴らされた気がして、徳右衛門の頭から服部圭吾のことがしばらく離れなくなった。

気になると、じっとしておれないのが徳右衛門である。様子だけ見てみようと思い、翌日は服部圭吾の仕事ぶりを、それとなく観察したが、とくに変わった様子はなかった。普段と変わらず役目に就いているし、同輩らとも変わりなく接している。

「服部、変わりないか……」

さりげなく声をかけると、

「変わりはありません。今日は雲があるので、幾分過ごしやすいですね」

と、圭吾は明るい顔を向けてきた。

「雨が降るかもしれぬな」

「一雨来てもらったほうが助かります」

圭吾は徳右衛門を見て、白い歯をこぼした。

（なんだ、あの飯田英三郎め。ちっとも服部は変わっておらぬわ……）

徳右衛門は胸の内で悪態をついて、詰所に入った。すると、飯田英三郎が水瓶に柄杓（ひしゃく）を入れて水を飲んでいるところだった。

徳右衛門はその英三郎をちらりと見て、板座敷に上がった。風通しがよいので、表より涼しい。

休憩をしている上役や下役が、茶を飲みながらたわいもない世間話に興じていた。

「旦那さん、服部さんですが……」

仕事を終え帰途についているときだった。小平次が声をかけてきた。

「あの者がどうかしたか？」

「服部さんのお宅にいた、おりきという飯炊きを覚えておいでですか？」

「おりき……あの色の黒い女だな。それがどうした……」

「やめたようです。代わりに若い女中が雇われているのですが、これがなかなかの美人らしいのです」

「ほう、それはまた羨ましいことだ。うちにもそんな美人の女中を雇いたいものだ」

「それはいけません。すぐにご新造の頭に角が生えます」

「そうかもしれぬな」

ワハハハと徳右衛門は笑ってから、小平次もたまには面白いことをいうと付け足し、また愉快そうに笑った。

「旦那、しばらくぶりでございます」

そういって目の前にあらわれたのは、四谷界隈を仕切っている岡っ引きの粂次だった。

「よう、近ごろ顔を見ないので、どうしているかなと思っていたのだ。相変わらず元気そうだな」

「元気だけが取り柄で、他には何もありませんからね」

「忙しいのかね」

「そうでもないんですが、旦那を見かけたんで、ちょっとお訊ねしたいと思いましてね」

「何だね？　その前にここは暑い、ちょっと日陰に行こう」

徳右衛門はそういって、茶問屋の軒下に入った。麹町十二丁目の自身番のそばだった。

「こんな女を見かけませんか……」

粂次は懐から一枚の人相書を出して見せた。

「これは？」

「人殺しです」

五

「穏やかじゃないね」

徳右衛門は改めて人相書を読んだ。女の特徴や年齢、名前、着衣、出生地などが書かれている。似面絵（にづらえ）はついていない。

「まだ若い女ではないか」

「そうです。これに似ている女が、公儀役人と歩いていたようなことを耳にしたんです」

「まことに……」

徳右衛門は馬面の粂次を眺めた。

「まあ、その女がこの女かどうかはわかりませんが、ちょいと気になりましてね。もしや旦那に心あたりがあればと思ったんです」

「ふむ、そういわれてもさっぱりだな。まあ気には留めておこう。しかし、なぜこの女は殺しを……」

「あっしも詳しいことはわかりませんが、芝浜松町にある備前屋という瀬戸物問屋の手代を殺して行方をくらましてるんです」

「この女が手代を……」

へえと、徳右衛門はうなって人相書を改めて見た。女は二十歳、黒目がちで鼻筋が通り、色は白い。おそらく美人のほうだろう。

「女だてらに殺しか。どんな手口を使ったのだろうか……」

「その辺のところがよくわからないんですよ。その日、店は早仕舞いをして、店の留守番をこの女と手代がしていたそうなんです。店の者が外から帰ってくると、直七（なおしち）という手代が頭から血を流して死んでいたそうなんで。そして、この女の行方がわからなくなっちまったというわけです」

「そうなると、この女が疑われても仕方がないな。殺された手代はいくつだったんだい？」

「二十四です」

「また若い者同士だね。やれやれだ。これは預かっていいのかい」

徳右衛門は人相書をもらおうとしたが、

「いやもうこれ一枚しかないんですよ。他にも聞いてまわらなきゃならねえんで勘弁してください」

粂次はそういって、徳右衛門から人相書を返してもらった。

高足膳に置かれた湯呑みが、ことりと音を立てた。

その音に弾かれたように圭吾は顔をあげて、おかよを見た。

「それはだめだ。いまさら名乗り出ても、罪は免れぬだろう」

「でも、わたしは殺すつもりはなかったし、手代さんから逃げようと必死に抗っただけなのです」

「しかし、そのことを誰も見ていないのだ」

「……………」

「誰かが見ていて、おまえの無実を証拠立てたり弁明してくれればよいが、そんな人はいないのではないか」

　おかよは黙り込んでうつむく。

「それにもう日にちがたちすぎている。いまさら出頭しても、誰もおまえの話を信用してくれないだろう。それに……」

　圭吾は一呼吸置いて盃をあおった。

　ふうと、短く息を吐き、扇子を広げてあおいだ。そのまま落ち着きなく、表を見る。

　庭から流れ込む夜風は生ぬるい。

　ちりんと、風鈴が鳴ってから圭吾はおかよに視線を戻した。

「それに、わたしも同罪になっているのだ」

　おかよの顔がはっとあがった。

　黒くて大きな瞳が、燭台の炎を映していた。

「なぜ、服部様が……」

「おまえの罪を知っていながら、わたしは匿っている。そして女中と称して雇い入れた。これは獄門に相当する罪なのだ」

「えッ……」

おかよはぽかんと口を開き、そのまま時間が止まったように動かなくなった。

「むろん、そなたが無実なら何ら問題はない。そうであればよいし、そうであるのを願いたいのだが……」

「あの、わたしは本当のところどうなっているのでしょうか……。ずっとそのことが気になっていたのです。ひょっとしたら、手代さんは死んでいないかもしれない」

今度は圭吾がはっと目をみはった。

「おまえは手代は、息をしていなかったといったではないか……」

「あのときは気が動転していましたから、てっきり死んでしまったと思ったのです。でも、よくよく考えると、生きていたのかもしれません。階段から落ちただけなのですから……」

圭吾は視線を忙しく泳がした。

もし、おかよのいうとおりに手代が生きていれば、こんな幸せなことはない。おかよも自分も、人目を忍ぶような生き方をしなくてすむのだ。

「わかった。明日は休みだ。実際、どうなっているのかおれがたしかめてくる。もっと早くそうすればよかったのだ」

酒に口をつける圭吾は、ことおかよのこととなると正しい判断ができなくなる、と内心で舌打ちする。

なぜか、おかよといっしょにいると、普段の冷静さを保てないのだ。いや、そうではなく、おかよと出会って以来、平常心をなくしている自分には気づいていた。それゆえに、後手後手の考えをしているのだ。

（もっと、落ち着きを取り戻さなければならない）

内心にいい聞かせたとき、おかよがそばに寄ってきた。片手を伸ばして、圭吾の膝に置いた。

「わたし、怖い。もし手代さんがほんとうに死んでいたら……」

おかよは泣きそうな顔を、圭吾の胸に預けた。

「そのときは……」

圭吾はぐっとおかよを抱きよせながら、

（そのときは、ほんとうにどうするのだ）

と、自分に問うた。

答えはすぐには出せない。

「……とにかく、明日調べに行ってくる」

六

その朝、徳右衛門は縁側に腰をおろし、庭で稽古をつづける慎之介（しんのすけ）の動きを見ていた。

「うむ、足の運びが様になってきた」

「すり足もよくなりましたか？」

「よくなった」

褒めてやると、慎之介は照れ笑いを浮かべて素振りに戻った。

ほとんど毎日鍛錬をしているので、慎之介の動きはいい。だが、まだ足腰が弱いのか、体の芯が安定しない。

「よし、そのへんでいい。だいたい、わかった」

「道場でもよくなったといわれますが、試合になるとなかなか勝てません」

慎之介は汗を拭きながら、徳右衛門の隣に腰かけた。

「すぐに強くはならぬさ。だが、しっかり鍛錬をして、日々の精進を怠らなければ、上位者との差を少しずつ詰めることができる。そして、あるとき突然、閃きめいたものが浮かぶ。そうか、こうすればよかったのかと……」

「父上にもそんなことがありましたか？」

「あった。あったが、その閃きはいっときのことで、またつぎの課題が自分の前に立ちはだかる。その課題をこなすためにまた鍛錬をする。剣術とはそういうものだ」

「果てしなく奥が深いのが、剣の道だと師範代がいわれました」

「そのとおりだ。さて、わたしは少し歩いてこよう。今日は幾分涼しいから気持ちよい」

徳右衛門は薄曇りの空を見あげて縁側を離れた。

「その辺を歩いてくる。今日は何だか体が軽いのだ」

台所にいる志乃に声をかけると、

「あなた、昨日町の親分から人相書を見せられたとおっしゃいましたね」

といって、顔を向けてきた。

「ああ」

徳右衛門は帯を締めなおしながら生返事をする。

「女の人殺しでしたけど、その女の名前は何でした？」

「うーん、あれはたしか……お久(ひさ)といったか……うん、お久だった」

「では、違いますね」

「なにが？」

徳右衛門は雪駄を履いて、志乃を振り返った。

「いえ、あなたの下役に服部という同心がいらっしゃるでしょう。とても男ぶりのいい同心の方ですよ。おわかりでしょう」

どうも志乃は、服部圭吾に気があるようだ。

徳右衛門は内心面白くない。

「それがどうした？」

「あの方、おりきという飯炊きをやめさせて、新しく女中を雇ったらしいのですが、若くてきれいな人なのです。でも、お久だったら違いますわ。たしか、別の名前でしたから。まさか、あの服部さんが人殺しなど雇うわけがありませんものね」

志乃はそういって、また台所仕事に戻った。

その後ろ姿を徳右衛門は見ながら、少し首をかしげた。

（服部の女中……）

そのまま徳右衛門は自宅屋敷を出ると、表道には向かわず、組屋敷地の奥に足を運んだ。服部圭吾の家は少し西のほうにある。

圭吾も同じ非番だから家にいるはずだ。茶飲み話でもしようと軽い気持ちで訪ねるつもりだったが、玄関は閉められ、雨戸も閉まっていた。

(なんだ、出かけているのか……)

では出直そうと思って、去りかけたときに、閉まっていた雨戸が、ガラガラと音を立てて開けられた。垣根越しに見やると、若い女が開けているところだった。女は薄曇りのか弱い光を受けているが、色白の美人であった。それに若い。女中にしておくにはもったいないと思ったほどだ。

雨戸を開ける女の手が止まり、徳右衛門を見てきた。少し狼狽(うろた)えたように目を伏せ、雨戸をもう一枚開けて、戸袋に入れた。それからまた、徳右衛門を見てきた。

はっと、いけないものを見たような顔をして、目を伏せて下がろうとしたので、徳右衛門は慌てて声をかけた。

「もし、そなたは新しい女中かな？」

「あ、はい」

「わたしは服部の上役与力で浜野と申す。服部は在宅だろうか？」

「いえ、お出かけになっています」

「いつ帰ってくる？」

「おそらく夕刻にはお戻りのはずです。言付けがありましたら預かりますけれど」

女中は早く話を打ち切って下がりたい様子だ。

「そなたの名はなんと申す？」

「……かよです」

「さようか。ま、いい。服部が帰ってきたら、わたしが来たことを告げてくれ。とくに用があったわけではない。通りがかっただけなのでな。では」

そのまま徳右衛門は服部圭吾の家から離れた。行くあてはないので、先の道を右に折れ、また自宅のほうに引き返した。

何だかほっとしたので、

「やれやれ」

と、独り言が口をついて苦笑した。

じつは心の片隅で、ひょっとすると服部圭吾の雇った女中が、お尋ね者になっている下手人ではないかと思っていたからだ。

しかし、名前が違う。年は同じぐらいかもしれないが、昨日の人相書とは……

と、そこまで考えてから、徳右衛門は足を止めた。

人相書には女の特徴が書かれていた。

おかよという女中は目鼻立ちが整っていた。何となく似ている気がする。鼻筋も通っており、黒目がちの目は大きかった。唇は薄くもなく厚くもなかった。

(なんだと……)

徳右衛門はさっと後ろを振り返った。

「まさか。そんなことが……」

声に出してつぶやいた徳右衛門は、足を急がせて四谷の町に向かった。粂次に会って、もう一度人相書を見せてもらおうと思った。

詳しく調べるのはその結果次第だ。しかし、いまになって飯田英三郎のいった言葉が、脳裏に甦ってきた。

徳右衛門が服部圭吾を疑っているのかといったとき、

――間違いがあっては、上役の責任にもなりかねませんから。

と、英三郎は言葉を返した。

（間違い、なんの間違いだ）

徳右衛門はとにかく粂次に会おうと思った。

七

一日中空は曇っていたが、夕暮れ間近になって西の空が明るくなった。雲は朱に染まり、雲間から斜めに射す光の束が、江戸の町に何本も伸びていた。

しかし、家路を辿る圭吾の顔も心も曇ったままだった。

手代の直七は死んでいた。そして、おかよは人相書がまわるお尋ね者になっていた。

さらに、おかよのほんとうの名が、お久だというのもわかった。おそらくお久は圭吾と出会ったとき、とっさに偽名を口走ったのだろう。

そして、圭吾はその名を本名だと信じ込んでいた。さらに、一度目に家に連れてきたときは、気をまわして別の名をつけ、従妹ということにもした。

（どうすればいいのだ）

圭吾は乾いた地面に向けていた顔をあげて立ち止まった。肩を動かしてため息をつく。遠くの町屋にあたっている夕日がゆるやかに翳っていた。

（おかよ、いや、お久は逃げられない。そして、もし捕まれば、このおれも……）

そのことを考えると、ぶるっと体が震えた。

お久を助け、あの夜抱いてしまったがために……。

いやそんなことは自分へのいい訳だ。おれはお久を愛している。惚れている。逃がしてやりたい。だから、そのために何か知恵を絞らなければならない。

（駆け落ちするか……）

ここ二、三日考えていることが、また頭に浮かんだ。

お久とだったら駆け落ちしてもいい。それに見あう女だ。

しかし、そのあとどうやって生きていく。

お久は一生お尋ね者として生きるしかない日陰の女だ。そして、自分も世間に顔向けできない人生を送らなければならない。

お久を取るか、それとも自分の将来を優先させるか……。

圭吾は大いに迷い、悩んでいた。

組屋敷の自宅に着いたときは、夕闇が濃くなっていた。

声をかけて玄関に入ると、奥からあらわれたお久が、不安を隠しきれない顔を向けてきた。

「いかがでした?」

その声はかすれていた。

圭吾は安心させるように、口の端に小さな笑みを浮かべた。

「お久……」

ほんとうの名を口にするなり、お久の顔がこわばった。

「それがおまえの名前だったのだな。だが、もうそんなことはどうでもよいことだ。とにかく話さなければならぬことがある」

圭吾は腰の大小を抜いて、座敷にあがり、着替えもせずに居間に入った。

「直七という手代は、やはり死んでいた」

圭吾はお久と向かいあうなり、まずそう告げた。

お久はまばたきもしない能面顔になっていた。

「そして、おまえの人相書が配られている。手代殺しの科(とが)だ。町奉行所の同心はおまえの行方を追っている。どこまで追っているのか、それはまったくわからぬ。だが、油断はできない。町方の同心は、岡っ引きを使うし、岡っ引きには下っ引きもいる。さらに江戸市中の番屋に、手配がまわっている」

「捕まればどうなるんでしょう……」

「申し開きがどこまで通用するかだ。……おまえは逃げているから、かなり不利な立場にある。無実を証せればよいが、できなければ重い刑を受けるのはあきらかだ」

「重い刑とは……」

お久の声はかすれて震えていた。

「おそらく……死罪」

お久はびくんと肩を動かし、目をみはった。

「そうなりたくなければ、無実を証すことだ。それができるか?」

圭吾はお久にまっすぐな目を向ける。

お久は膝に置いた手をにぎりしめ、小さく震わせた。

「無実だと証すことができなければ、逃げつづけるしかない」

「逃げる……」

「江戸でこそこそしていてもどうしようもない。逃げるなら江戸を離れて、遠くへ行くことだ。生まれは聞いていなかったが、どこだ?」

「川崎です」

圭吾は考えた。

川崎の実家に逃がしても無駄だろう。おそらく実家に沙汰はいっているだろうし、宿役人の調べもあるはずだ。

「……実家に帰るのは危険だろうな。親戚にもおまえのことは知らされているはずだ。まだだとしても、いずれ触れはまわるだろう」

「それじゃどこへ……」

「おれと逃げるか」

圭吾は思い切っていったが、まだそこまで腹はくっていなかった。衝動的に口をついた言葉だった。

しかし、お久は目の色を変えた。

「ほんとにわたしと……。でも、お役目はどうなさるのです?」

「それも考えなければならぬことだ。……酒をくれるか」

お久は「はい」と素直に返事をして、茶簞笥の脇にある大徳利に手をのばした。

それから、つけますかと聞くので、圭吾はそのままでいいといった。

ぐい呑みに酒をついで、一口飲んだ。酒が喉から胃の腑に落ちていくのがわかった。

もう一口つけて、大きく息を吐いた。

「駆け落ちするなら、それなりの腹を決めなければならぬ。だが、おまえはおれのことをどう思っている？　まず、そのことが大事だ」

「わたしは……」

お久は返答を躊躇（ためら）った。圭吾はそのことに苛立ちというより、腹立ちを覚えた。即答してほしかった。

「ではおれが先にいう。お久、おれはおまえに惚れている。愛おしくてたまらぬ。出会ったあの夜から、おれはおまえのことをいっときも忘れたことはない。だから、おまえのためなら何でもしてやりたい」

「服部様、それはわたしも同じ気持ちです」

「ほんとうだな」

圭吾はお久を凝視した。お久も見つめ返してくる。

「嘘など申しません」

「お久……」

圭吾は膝を進めて、お久を抱き寄せた。玄関に声があったのはそのときだった。

圭吾ははっとお久から離れて、玄関のほうを見た。

「浜野だ。浜野徳右衛門だ」

再びの声がした。

「おれの上役だ」

「わたしはどうすれば……」

「心配いらぬ。どんな用かわからぬが、すぐに戻る」

圭吾は玄関に声を返して立ちあがった。

八

「折り入って話したいことがある。邪魔をする」

玄関の戸が開けられるなり、徳右衛門は圭吾をまっすぐ見ていった。

「ちょっと取り込んでいるのですが、お急ぎの話でしょうか？」

「大急ぎも大急ぎだ」

圭吾は困惑気味に居間のほうを見てから、徳右衛門に顔を戻した。

「手短にお願いできますか」

「わたしもそう願っている。邪魔をするぞ」

徳右衛門は有無をいわせず、そのまま雪駄を脱いで座敷にあがった。いつにないその様子に、圭吾は戸惑っている。

「服部、これへ」

帯から抜いた扇子で膝前を指した。圭吾はあきらめ顔でやって来た。

「新しい女中がいるそうだな」

徳右衛門はちらりと居間のほうを見てからいった。

「はい。雇ったばかりです」

「今朝わたしはその女を見て、言葉を交わしたばかりだ。聞いておらぬか」

「はは、ついさっき外出から帰ってきたばかりでして……。さようですか、お会いになっていたのですか」

「おかよというのだな」

「さようです。ちょっとお茶を頼む」

圭吾が隣の居間を振り返っていうと、か細い声が返ってきた。

「茶はいらぬ。おかよ、こっちへ来てくれ。そなたにも話をしたいことがある」

「浜野様、いったいどのようなことを……」

圭吾の顔がこわばっていた。

「いまそれを話すのだ。おかよ、茶はよいからこっちへまいれ」

徳右衛門が強くいうと、おそるおそるおかよが姿を見せた。しかし、それが偽名で、ほんとうの名がお久だということを徳右衛門は知っていた。

お久は圭吾の斜め後ろに、遠慮するように座った。

「今朝会ったばかりだ。わたしのことは覚えているな」

「はい……」

「おかよと名乗っているようだが、ほんとうはお久というのだな」

お久と圭吾の顔が、同時に持ちあがった。

「そなたは、芝浜松町一丁目の瀬戸物問屋備前屋で女中奉公をしていた。ところが、ある日突然店から行方をくらました。その日は、店の者が揃って蛍狩りに行っており、留守を預かったのは女中のお久と、直七という手代だった。そして店の者が戻ってくると、階段の下に直七が倒れていた。すでに息はなかった」

徳右衛門は一気に話した。

お久の顔は紙のように白くなっていた。圭吾は目をみはって驚いていた。

徳右衛門はつづけた。

「服部、わたしは五兵衛とおりきから話を聞いた。お久はしばらくここにいたそうだな。数日だったらしいが、そのときは従妹だとあの二人にいっていた。二人はそのことを信じてはいなかったが、黙っていた。だが、嘘や誤魔化しは長つづきはせぬ。おぬしは着物や亡き父君の形見などを質に入れ金を作った。その金で南伊賀町にある長屋を借りた。そうだな」

「浜野様……どうしてそのようなことを……」

「そんなことは、おぬしがよくわかっているはずだ。お久の人相書が町にまわっている。粂次という四谷の岡っ引きに、見せてもらったのだ。そのときは何も思わなかった。だが、ある同心からおまえの様子がおかしいということを聞いた。そしておかよと名乗っていたお久を今朝見て、まさかと思った。それであれこれ聞きまわっていたのだ。ここまで申せば、わたしが何をいいたいかわかるはずだ」

徳右衛門は目に力を入れて、圭吾を見、そしてお久を見た。

二人は黙っていた。

「粂次はお久のことを嗅ぎつけている。だが、どこにいるかまではまだつかんでいない。そして、南伊賀町の長屋にもまだ辿り着いていない。しかし、それは今日のことだ。明日にはわかるかもしれぬ。あの長屋にお久がいたことが判明すれば、あとは芋づるのように、此度(こたび)の一件は表沙汰になるだろう。何故、お久を匿った？　昔馴染みなのか？」

「いいえ、それは違います。……しかし、かくなるうえはすべてを申しあげます」

圭吾は一度息を吐き、唇を嚙んでからお久との出会いからこれまでのことを話していった。お久との出会いはともかく、その後のことはおおむね、徳右衛門が聞き調べたことと同じだった。

「すると、お久は手代の直七に手込めにされかけ、逃げようとして揉みあっているうちに、直七が足を踏み外して階段から落ちたと……」

徳右衛門は圭吾からすべてを聞いたあとで、問いかけるようにお久を見た。

「わたしは殺すつもりなどありませんでしたし、そんな恐ろしいことはできません。でも、あのときは怖くなって、どうしたらよいのかわからなくなって……」

お久は黒い瞳に涙の膜を張った。

「誰か助けを呼びに行こうとは思わなかったのか？」

「あとで、どうして逃げたのだろうかと悔やみましたけれど、店に戻るのも怖くなりまして、町の親分や町方の旦那の姿を見るたびに、心の臓が縮みあがり……。服部様にもいわれましたけれど、あのとき逃げずに誰か人を呼びに行けばよかったのです」

「しかし、もうそれはできぬこと。大事なのはこれからのことだ。服部、お久に縄が打たれたら、おぬしの身がどうなるのかわかっておろうな」

「重々承知いたしております」

徳右衛門は太い息を吐いて腕を組んだ。

表から迷い込んできたかなぶんが、勝手に畳の上で引っ繰り返って、足をもがかせた。

「これからどうするつもりだ？」

徳右衛門は腕をほどいて、圭吾とお久を眺めた。

重苦しい沈黙が下りた。

引っ繰り返りもがいていたかなぶんが飛び去ったとき、お久が口を開いた。

「わたし、明日の朝、四谷の番屋に行きます」

「お久……」

圭吾が慌てたようにお久を見た。

「いいえ、そうするしかないと思います。とても逃げ切れるものではありません。服部様にはよくしていただき、いろいろとご迷惑をおかけしました。でも、これ以上の迷惑はかけられません」

「しかし……」

「わたしの身に降りかかったことを、正直に話すだけです。わたしを信用してもらえるかどうかわかりませんが、他に道はないと思います」

お久は腹をくくった顔をしていた。目にもその意志の固さを窺うことができた。

「服部様のことは何ひとつ口にいたしません。ずっと江戸の町を逃げていたと申し開きします」

「それはならぬ」

徳右衛門だった。

「嘘をひとつつけば、また嘘を重ねることになる。その嘘があとでわかったら、吟味側の心証が悪くなり、かえって悪い結果になる」

「でも、正直に申したら服部様が咎められます」

「知らなかったのだ」

圭吾とお久は同時に「はっ」と、虚をつかれた顔をした。

「どういうことでしょうか？」

と、圭吾が聞く。

「服部、おぬしはお久がお尋ね者だと知らなかった。酒に酔ってお久を見かけ、放っておけなかったので、しばらく面倒を見ていた。そして、お久は奉公先の店で起きたことは一切口にしていなかった。申し開きの場ではそういうのだ」

「でも、それも嘘に……」

「黙れッ。その程度の嘘は仕方なかろう。おぬしにはまったく悪意はないのだ。すべてを知る天も、それぐらいは許してくれよう」

「わたしも、それがよいと思います。服部様にはご迷惑をおかけしますが、ぜひともそうしてください」

お久が言葉を添えて、深々と頭を下げた。

「服部、お久もそういっている。今夜はいざという場で齟齬(そご)を来(きた)さぬよう、じっくり申し合わせるのだ。そうでなければ、このわたしも困る」

「………」

圭吾とお久は徳右衛門を見つめた。

「わたしは、二人のことを知っておきながら隠そうとしているのだからな。もし、二人がしくじれば、このわたしの首も飛ぶということだ」

　徳右衛門は扇子で、自分の首を切るように動かした。

九

　翌朝、徳右衛門が下梅林門の番所に入ると、先に来ていた服部圭吾が飛ぶようにやって来て跪(ひざまず)いた。

「首尾よくやったか」

　先に徳右衛門が声をかけると、ははあと圭吾はかしこまった。

　徳右衛門はまわりの耳を気にして、与力詰所裏の廊下に圭吾を誘った。

「今朝、四谷の番屋にお久を連れていき、引きわたしてきました。あらましを書(かき)役(やく)に話し、わたしも下城したら番屋に行くことになっております」

「よし、ここでは話しづらい。表で待っておれ」

「はい」

　徳右衛門は急いで着替えをすますと、茶も飲まずに番所を出た。圭吾は番所脇の石垣のそばに立っていた。

「昨夜はとくと話しあったのだな。もしや、今日は登城しないのではないかと心配していたのだ」

「正直申しますと、わたしはお久と駆け落ちをしようかと考えていました。もし、浜野様が昨夜来てくださらなかったら、どうなっていたかわかりません。でも、今は腹をくくっております」

「それはお久もそうであろう」

「いざとなると、女のほうが度胸があるのかもしれません。しかし、お久がどう扱われるのか、それが気がかりで……」

圭吾は朝日を受け、汗をにじませた顔に苦渋の色を浮かべた。

「もう引きわたしたのだ。運にまかせるしかないだろう。それより、昨夜わたしのいったことはわかっているのだろうな」

「はい、お久と何度も繰り返し話しあいました。互いの証言に、食い違いは起こらないと断言いたします」

圭吾は自信を窺わせた。

「そうでなければ困る」

「それだけはどうかご安心を。もっともお久が裏切らなければのことですが、あの女はきっとうまくやるはずです」

「そうであることを信じるしかない」

徳右衛門は鳶の舞う空を眺めながら、

「おぬし、あの女に惚れていたな。それも尋常でない惚れ方だ。いまもそうか？」

といって、視線を圭吾に向けると、

「はい」

と素直に認めてうなだれた。

「お久の罪が許されたらどうする？　貰い受けるか？」

「そのつもりです」

圭吾は顔をあげてきっぱりといった。

徳右衛門はその顔を長々と見つめてから、

「えらい拾い物をしたな」

と、同情の笑みを浮かべて、番所に引き返した。

その日、圭吾は下城途中に四谷の自身番に立ち寄り、詰めている書役と番人の立ち会いのもと口書（くちがき）を取ってもらった。この場合、圭吾は武士なので口上書（こうじょうがき）ということになるが、中身は同じである。

そして、二日たち三日がたったが、圭吾への呼び出しはなかった。また、公儀目付の調べも入らなかった。

それから二日後の昼下がりだった。徳右衛門は四谷坂町を、暇そうにぶらついている粂次を見つけて声をかけた。

「ああ、これは旦那。こんちは。毎日日照りがつづいてまいっちまいますね」

「そうだな。ところで人相書のまわっていたお久という女のことだが、あのあとどうなったかわかっているか？」

「わかってますよ。それにしても旦那の下役が、面倒見てたってェのには驚いちまいましたねえ。世間ってやつはわからないもんです」

粂次はまわりくどいことをいいながら、汚れた手拭いを団扇代わりにあおいだ。

「聞きたいのは服部のことではなく、お久のことだ」

「あの人殺し女の件は、あっさり落着です」

「どういうことだ？」

徳右衛門が一歩詰め寄ると、粂次は大八車が来たといって酒屋の軒下に入った。

「死んだのは直七って手代でしたが、あんまり褒められない男だったようなんです。店での行状も評判も悪い男で、誰もがお久の肩を持ったらしいです。それでも直七が死んだのは、お久のせいでもあるわけですから、遠島のお裁きが下されたってことです。八丈島に送られるのか、それとも新島になるのか、そこんとこはわかりませんけどね」

「するとあの一件は、何もかも片がついたというわけか」

「そういうことです。でも旦那の下役の同心、えーと服部さんといいましたか、運がいいですよ。なんのお咎めもなしですからね。まあ、お久が人殺しだと知らなかったんですから無理もねえですが……」

粂次は股のあたりをぼりぼり掻いた。

徳右衛門は話を聞いて、胸を撫で下ろしていた。

「教えてくれて礼をいう。では、また」

「へえ」

粂次は剽軽（ひょうきん）に応じ、暑い暑いとぼやきながら七軒町のほうへ歩き去った。

「旦那さん、よかったんではないですか」

小平次が遠慮がちに声をかけてきた。

「ああ、そうだな。お久は気の毒だが、死罪を免れ命拾いをしたのだからな」

徳右衛門は首筋につたう汗を手拭いで押さえながら、前を行く大八車を眺めた。米俵を山積みにしてある大八車は重そうだ。先棒の車夫では足りず、後押しの男もついていた。

「命あっての物種です」

「たしかにそうだろう」

遠島刑は死罪につぐ重刑だが、朝幕の慶弔によって赦を受けることもある。ひょっとすると、お久は意外に早く自由の身になれるかもしれない。そう願わずにはいられない。

「やれやれだ」

徳右衛門は小さくつぶやいて、

「さっきのこと服部にも教えてやらなければならぬ」

と、小平次にいった。

「きっとお喜びになりますよ」

小平次はそういうが、実際、服部圭吾が喜ぶかどうかはわからない。愛する女を失ったのだ。たとえ短い付き合いだったとしても、服部圭吾はお久への思いを引きずっているに違いない。

「今夜は服部と酒でも飲むか」

徳右衛門は独りごちて額の汗をぬぐい、遠くの空に視線を投げた。

第二章　初蟬

一

それは朝餉の席での、唐突な申し出だった。

「父上、わたしをお城に連れて行ってください。わたしはお城がどうなっているのか、お城の中がどんなところなのかわかりません。お願いです。連れて行ってください」

浜野徳右衛門は、ちょうど残りの味噌汁を喉に流し込んだところだった。

「お城へ……。それは無理だ。できぬことだ」

「なぜです？」

「お城は遊び場ではない。お役目のない人間は入ってはならぬのだ。誰でも彼でもお城に入ることはできぬ。そういう決まりだ」

「慎之介、そういうことなのよ。お代わりはどうするの？」

横から口を挟んだ妻の志乃は、慎之介が持っている飯碗を見て訊ねた。

「もう結構です。では、どうやってお城のことを知ればよいのです？」

「それは、まあ……」

徳右衛門は返答に困って、真剣な眼差しを向けてくる慎之介を眺めた。

「役目に就かなければ城へは入れぬのだ」

うまく説明することができず、結局はそういうしかなかった。

「では、お役目のない人は城には入れないのですね」

「そういうことだ」

「将軍様にお目にかかれる人も決まっておるし、本丸や二の丸、あるいは西の丸にも、相応の役目に就いている者でなければ足を踏み入れてはならぬのだ」

「将軍様はどこにいるんです？」

「それは本丸と呼ぶ御殿だ。その御殿も大奥と中奥、そして表に分かれている。老中や諸国の大名は表に入ることができる。中奥はお上の御座所だ。そして大奥は、まあ、それはエヘン、よいだろう」

「なぜ、よいのです。教えてください」

せがんだのは、娘の蓮だった。

澄んだ黒い瞳をきらきら輝かせている。

「大奥はその将軍様のお世話をされるご婦人方が住んでおられるところだ」

「お妾さんがいるとこなのね」

蓮はさらりといって、箸を置き、手を合わせると、ご馳走様といって隣の間にさっさと下がった。

徳右衛門と志乃は、あきれたように顔を見合わせた。

いつどこで覚えたのか知らないが、親が気づかないうちに子供はいろんなことを覚えてしまうようだ。

「では、門の護りについている父上は、本丸とか二の丸には入れないのですか？」

「……それは、入りたくても入れぬのだ。わたしはそれほどの身分ではないからな。しかし、なぜそんなことを知りたがる」

徳右衛門はまっすぐ慎之介を見る。

「お城がどうなっているのか、不思議に思うからです。では、父上がお役目で就いておられる御門を詳しく教えてください」

「それでしたら、わたしも知りとうございます」

片付けにかかっていた志乃も、手を止めてそんなことをいう。徳右衛門は慎之介から志乃に視線を移して、

「まあ、それは一言で説明できることではない。忙しい朝に、また面倒なことを訊ねるものだ」

「でも、教えてくださるのですね」

慎之介がまたねだる。

「まあ、夜にでも……。さて、仕度だ」

徳右衛門は一口茶を飲んで腰をあげた。

二

家を出ていくらも歩かないうちに汗が噴き出てきた。徳右衛門は照りつける日に目を細め、首筋の汗を拭った。

「それは旦那さん、お坊ちゃんやご新造さんにかぎったことではありません。知らないものを知りたがるのは、わたしも同じですから……」

供についている中間の小平次がいう。

「すると、おまえもお城のことを知りたくて、お城に入ってみたいと申すか」

「願えるんでしたら、一生に一度くらいは見学したいと思いますが、まあ、それは無理だとわかっておりますから……。でも旦那さんは、その松の廊下とか、その表にある大広間などに入られたことはおありなのでしょうか？」

小平次は興味津々の顔になっていた。

徳右衛門はそのしわ深い顔を一瞥して、

「入ったこともなければ、表から眺めたこともない」

と答えた。

そうなのである。役目だけのことではなく、役格や、それ相応の身分がなければ、お城の奥まで知ることはできない。

朝から異なことを申すと、慎之介の問いかけに困ったが、よくよく考えてみれば、自分も知らない二の丸や大奥をのぞきたい、知りたいと思っている。以前は、自分も御目見格になり、将軍に拝謁できないものだろうかと、叶わぬことを思ったりもした。

「慎之介はわたしの仕事場のことを知りたいと申した。志乃にも同じことを請われてな」

「旦那さん、この小平次も知りとうございます」

「おまえまでも……」

これはあきれたと内心でつぶやく徳右衛門だが、さてどうしたものかと歩きつづける。

徳右衛門は先手組弓組の与力である。戦が起これば、先陣を切って敵に立ち向かう役目であるが、いまは泰平の世だからそのような勇猛な仕事はない。

将軍が寛永寺や増上寺に参詣する際は、警備の任につくが、普段の日は江戸城内の諸門の警護がもっぱらの役目である。

「今日も門番稼業だ」などと、自ら揶揄して苦笑することもあるが、これが関係のない他人からいわれると、馬鹿にされたようで腹が立つ。

（しかし、たしかに門の番人なのだ）

徳右衛門は胸中でため息をつき、また汗を拭う。

小平次と大手門前で別れた徳右衛門は、白漆喰の塀と各櫓を眺めながら自分の持ち場である下梅林門へ足を進める。

（そうだな……）

ふむふむと、徳右衛門は頷きながら汗をぬぐう。

自分はあたりまえのように仕事をしていたが、直接役目に携わっていない家族がお城について不思議がったり、知りたがるのは当然であろう。

（ならば……）

徳右衛門は自分がどんなところで働いているか、しっかり説明してやろうと思った。

いつものように早い登城なので時間がある。普段なら番所に入って茶を喫するのだが、下梅林門をやり過ごして平川門まで足を進めた。家族にはそっちから説明したほうがわかりやすいと考えてのことだ。

周知のことだが、城のまわりには堀がめぐらされている。小川町一ツ橋方面から平川門に至るには、まず一ツ橋門を通らなければならない。

それから平川門をくぐることになる。各門には番所があり、門は土塁や塀、あるいは櫓で囲まれている。

門を入ると、四角い空間があり、また一方の門を抜けなければならない仕組みになっている。これを枡形門という。枡の形に似ているからだ。

これは防御用に考案されたもので、いざ敵が侵入してきても、四角い空間に一時足止めさせることができる。

（ほう、改めて門を眺めると、忘れていることを思い出すものだ）

徳右衛門は平川門を眺めてそう思う。

門は渡櫓門となっており、櫓の屋根越しに青空が広がっている。ここは俗にお城の裏門と呼ばれ、別名不浄門ともいわれる。罪人や遺体はここから出される。また、大奥の女中連中が使用するのもこの門で、御三卿（清水・一橋・田安）の登城口でもある。

平川門は、一ツ橋方面から入るときは、高麗門である。そして抜けるときは渡櫓門となる。どの門もおおむね同じ様式になっている。

徳右衛門は平川門に背を向け、自分が役目に就いている下梅林門へ引き返す。歩くたびに砂利音がする。この砂利も防御のために敷き詰められているのだ。

普段は気にしないが、改めていろんなところに、細かい気配りがしてあるのだなと気づかされる。

下梅林門も渡櫓門になっていて、そばに番所の建物がある。

門をくぐって左へ行けば、喰違門を経て二の丸につづく。曲がらずまっすぐに、正面の梅林坂を上ると、大奥に最も近い上梅林門に至る。

（考えてみれば門だらけだな）

徳右衛門は番所に足を運んだ。

チッチッと小さな鳴き声をあげながら、燕が視界の端をよぎっていった。

（はて、門はいくつあるのだ？）

思い出そうと頭のなかで、各門を思い描きながら「ひぃ、ふぅ、みぃ」と指を折っていると、

「浜野様、いかがされました？」

という声がかかった。

そっちに顔を向けると、平井半九郎が立っていた。

「門はいくつある？」

「は……」

半九郎は頓狂な顔をした。

「城内にある門の数だ」

半九郎は、ああそれでしたらといって、あっさり答えた。

「本丸に十門、二の丸に六門、三の丸に四門、西の丸に九門、北の丸から西の丸下にかけて十五門。合わせて四十四門。そのまわりにある四谷門や赤坂門などを

合わせますれば、五十六門でございます」

「おう、そうであった」

と応じる徳右衛門だが、すっかり忘れていることだった。

「さすが、年季の入った年寄同心はちがうな」

徳右衛門は笑いながら、すっかり老けている半九郎を眺めた。ところが半九郎は、何やら晴れない暗い表情で、

「浜野様、じつはお話をしなければならないことがあります」

という。

「ほう、どんな話であろうか。だが、こんなところでの立ち話もなんだ。何やら折り入っての話のようだから、まあ、番所で聞こう」

三

通勤着である肩衣半袴から、役目に就くために着替えをした徳右衛門は、半九郎と番所の隅で向かいあった。お互いに手甲脚絆に襷掛けである。

「それで話とはなんであろうか」

徳右衛門は下役が持ってきた茶を受け取ってから、半九郎をまっすぐ見た。

「はい、長きにわたり浜野様には何かとお世話いただき感謝しています。じつは此度、致仕することになりました。一昨日、組頭に致仕願いを受け取ってもらったばかりです。すぐに沙汰はあると思いますが、浜野様には先に一言申しておきたいと思いまして……」

半九郎はそういうことですといって、頭を下げた。

「さようか。隠居いたすか」

「はい」

徳右衛門は長年の労苦をいたわるように、やさしく半九郎を眺めた。

普段は気づかなかったが、こうやって間近に座って話をすると、しわが増えて、顔にはしみも散らばっていた。髪は半白になっている。

「いくつになった？」

「今年で六十三になりました。幸い倅が仕官しておりますので、この先はゆっくり釣りでもして暮らそうと考えております」

「さようか。倅はどこに仕えておるのだ？」

「同じ先手組です。牛込の組屋敷に住んでおります」

「すると、隠居になったらそちらに移って、倅の世話になるのだろうか」

徳右衛門はずるっと茶をすすり、扇子をあおいだ。

窓は開けてあるが、風はそよとも吹き込んでこなかった。

「倅の世話になるつもりはありません。あれは子がおりますし、暮らしは楽ではありません」

「しかし、それではそなたも困るだろう。その後の暮らしがあるではないか」

退勤手当(退職金)は出るとしても御目見以下の同心だから、知れたものであろう。もっとも、半九郎は同心筆頭の年寄なので、少しは多かろうが、それもすべて上が決めることなので、徳右衛門にはわからないことだった。

「余生のことは、お役御免になってからゆっくり考えるつもりです」

それでは遅すぎるのではないか、と徳右衛門は心配になるが、本人がそういうのであれば口を差し挟むべきではない。

短い茶飲み話をしたあとで、

「そなたとは長い付き合いなのに、ゆっくり話したことはなかったな。近いうちに酒でも飲もうではないか」

と、徳右衛門はいった。

「はは、喜んでお付き合いさせていただきます」

嬉しそうに笑う平九郎の前歯が二本欠けていた。


夕餉の席で、徳右衛門は下梅林門の様子を事細かに説明したのだが、そのことを知りたがっていた慎之介も妻の志乃もたいした興味を示さなかった。

慎之介は「ふうん」といっただけで、志乃も、

「御門と一口にいっても、いろいろと工夫があるんでございますのね」

と、感想はそれだけで、あとは慎之介に漬け物を残さず食べなさい、蓮には好き嫌いをしてはいけません、そして夫の徳右衛門にはお酒はほどほどに、などと小言のほうが忙しくなった。

「そうだ、明日の夜はわたしの食事はいらぬ」

徳右衛門は唐突に、志乃に告げた。

「あら、寄り合いか何かありますの……」

「いや、下役同心が隠居することになったのだ。かれこれ四十五年の勤めであったから、慰労してやろうと思っているのだ」

「四十五年……長いお勤めだったのですね」

「まあ、五十年勤めて致仕する者もいるし、それはいろいろだ。四十代半ばで禄を返上する者もいるしな」

「その下役の方はどちらにお住まいで……」

志乃は片付けをしながら聞く。

「比丘尼坂(びくにざか)のほうだ」

「でしたらご近所ですわね」

徳右衛門の住んでいる組屋敷は、御三家のひとつ尾張家上屋敷の南側、合羽坂のある市谷片町のそばにあった。

半九郎の組屋敷は東に行った比丘尼坂のそばである。

「平井半九郎という同心でな。倅も先手組に仕官している。それに、平井はもう爺さんだ」

「それじゃお孫さんが……」

「二人いるらしい」

「隠居されたら、どうされるのかしら。子の世話を受けるのかしら……。うちの父は兄の世話を受けてますが、兄は気苦労が絶えないと愚痴をこぼしてます」

うん、それはよくわかる、と徳右衛門は内心で納得する。

志乃の父親は厳格でケチである。そのくせ人にはいいたいことをいい、無理なことを押しつけようとする。

（この人の世話をせずにすんでよかった）

と、胸を撫で下ろしたのは、一度や二度ではない。

「明日は平井さんのお宅をお訪ねになるのかしら。だったら、何かお持ちしなければいけませんわね」

「それには及ばぬ。家を訪ねれば女房殿に迷惑だろう。それに、まだこのことは話しておらぬのだ。明日会って話すところだ」

「あら、それじゃ急な話ですわね。平井さんにご都合があるかもしれませんよ」

「そのときは、先延ばしだ」

「では明日の夕餉はどうなさるの？　いらないのかいるのか、はっきりしていただかないと困ります」

「小平次に言付けを頼むからいいだろう」

「夕餉のことは朝のうちに決めておきたいのです。買い物もあるのですから……」

まったくうるさいことをいうようになった、と徳右衛門は内心で辟易する。

「だったらいらぬ。明日は平井の慰労会だ」

「あら、そんな怒った口ぶりでおっしゃらなくてもよいではありませんか。では、平井様のご都合が悪くても、お食事はいらないということでしょうか」

「……いらぬ。明日は平井の都合が悪くてもひとりですます」

何だか腹が立ってきたので、徳右衛門はお茶の間を逃げるように出た。

四

翌日、平井半九郎は徳右衛門の提案を快諾した。

「振り返ってみれば、浜野様とゆっくりお話をしたことはありませんでした。喜んでお付き合いさせてください」

「では、今日はいっしょに帰ろう」

「はい」

半九郎は欠けた歯を見せて笑った。

その日も大過なく仕事は終わった。詰所に戻ると、すでに寝番（宿直番）の者たちが来ているので、簡略に引き継ぎをして着替えて帰るだけである。

この際の引き継ぎは、重要な触れや何か不祥事がないかぎり、「変わりなし。よろしく頼む」で終わりである。

夕七つ（午後四時）を過ぎているが、日はまだ高い。

番所を出た徳右衛門は一度空をあおぎ見た。

櫓と石垣塀のそばに青々とした松がのぞいている。石垣には青い雑草に混じって小さな花も見られる。

勤めは何も変わらぬ。変わるのは四季のうつろいだけである。

（いや、そうではないか……）

他にも変わっていることがある、と徳右衛門ははたと気づいた。

志乃の夫に対する接し方である。物いいも変わってきている。

そういえば、慎之介も蓮もそうだ。成長するにつれ、親を見る目が変わってきているし、どこで覚えるのか教わるのかわからぬが、親がドキッとするようなことをときどきいうようになった。

（油断はできぬな）

先に表に出た徳右衛門は、番所を振り返った。ちょうど、半九郎が出てくるところだった。小走りにやって来て、お待たせいたしましたと頭を下げる。

「では、まいろう」

　徳右衛門は半九郎と並んで歩いた。

　歩きながら、さっき思ったことを口にすると、

「それはどこも同じでございます。うちの家内も小言が多ございます。年を取ればそれほどひどくなります。昔はそれでよく喧嘩になりましたが、いまは聞いて聞かぬふりをするだけです」

「聞かぬふりをすると、聞いていないのですかといわれる。人の話はちゃんと聞くものだと」

「まあ、そういうこともありましょう」

「一家の長が、だんだん妻に乗っ取られているような気がすることもある」

「わたしは乗っ取られたようなものです」

「どこの家も似たようなものだろうか……」

「それは人によるでしょうが、大差ないかと思います」

「ふむ」

　うめくような声を漏らすと、半九郎が訝しげな顔を向けてきた。

「奥方と喧嘩でもしてらっしゃるのですか？」

「いや、そうではないが、役儀は何も変わらないのに、身のまわりのことだけが変わっていくと考えていたのだ」

「身のまわりのこと……浜野様」

「うむ」

「他人様から見れば、わたしも浜野様もきっと変わっているのですよ」

徳右衛門はしばらく、考え込む顔になって歩いた。

「そうかもしれぬな」

「しかし、おっしゃるとおりでございます。変わらないのはお役目だけです」

「そなたもそう思うか」

「はい」

大手門を出ると、二人は待っていた中間を先に帰した。徳右衛門は勤務中に考えている店があった。

四谷塩町に一度だけ、上役に連れて行ってもらった店があった。二階の小座敷に座ると、眺めがよいのだ。それに店の接客も上々吉で、料理も申し分なかった。多少の出費はこの際覚悟のうえである。

紅梅亭というのがその料理屋だった。玄関に入ると、女中が丁寧に迎え入れてくれ、所望した二階の小座敷に案内してくれた。

「ほう。こんなところがあったのですね」

平九郎は感嘆の声を漏らして、窓の外を眺めた。

目の前に暮れかかった空を映す外堀があり、夏草を茂らせた土手と対をなしていた。土手の向こうは武家屋敷地で、その黒い甍越しに江戸城の一画が見えた。

城は青い樹木と白漆喰、そして黒い甍を擁した櫓などで、周囲の風景から浮かびあがっている。格調と威厳があり、どっしりとした落ち着きをも感じさせる。

平九郎と同じようにそんな景色を眺める徳右衛門は、ある種の優越感を覚えた。

（わたしはあの城に勤めているのだ）

ということだった。

「よい料理屋ですね」

「そういってもらえて安心いたしした。気に入っている店なのだ」

徳右衛門は一度しか来たことがないくせにそんなことをいってから、控えている女中に酒と料理の注文をした。

料理はまかせることにした。この辺は太っ腹である。

酒と先付けが届けられると、「ひとつまいろう」といって、徳右衛門は銚子を

持って酌をしようとしたが、

「いえ、それはいけませぬ。わたしが酌……」

と、半九郎が恐縮する。

「ええい、気にするな。今日は無礼講でまいろう」

徳右衛門は酌をしてやった。半九郎が酌を返す。

二人は静かに酒に口をつけた。

「うまいッ」

とたん、半九郎が感嘆の声を発した。

「これは浜野様、上等の諸白（もろはく）でございますね」

「うむ。この店にはどぶろくなど置いていないのだ」

よく知りもしないのに、徳右衛門は得意顔でいう。諸白とは上方から運ばれてきた清酒のことである。

「いやこのお通しも格別です」

半九郎は、胡瓜とらっきょうの甘酢和えに感激して相好を崩した。

「甲斐があるな」

「は……」

「そんなに喜ばれると、連れてきた甲斐があるというのだ。しかし、こうやって向かいあってよくよく考えると、そなたはわたしの父と年が変わらぬのだな」

「まあ、そうなるでしょうが、年は関係ありませんから。上役と下役以外のなにものでもありません」

「それも変わらないものの、ひとつであろうか……」

徳右衛門のその言葉に、半九郎は顔を曇らせた。

五

「家格も家柄も変わりません」

「そうだな」

徳右衛門はうまい酒なのに、苦そうな顔をして舐めた。

「戦国の世であれば、わたしも出世できたかもしれません。こんなことを申しては無礼かと思いますが、これまで幾度となく思ったことです」

「いや、かまわぬ。忌憚なく話そうではないか」

「そういっていただけると嬉しゅうございます。浜野様もそんなことをお考えになったことはありませんか」

「出世のことは考えたことはあるさ。うちの愚妻もひそかにそれを望んでいるようだし、義父は憚(はばか)りもなく焚きつけるようなことをいう。困ったものだ。いくら望んだところで叶わぬものは叶わぬからな。何より家筋というものがある」

「そうなのでございます。戦功で立身出世が叶うなら、戦が起きぬものだろうかと真剣に考えたことがあります。出世が叶えば、家筋も自ずと変わっていくはずですからね」

「たしかにそうであろう」

「しかしながらいまは泰平の世の中。幕府は盤石です。よほどのことがないかぎり、家柄も身分も変わることはありません。変わることのできるのは、わたしのような下役ではなく、上の方たちだけです。家柄がよく、それなりの地位と財力があれば、その人の才覚次第でいくらでも出世が叶います。ですから、自分はなぜそんな家に生まれ落ちなかったのだろうかと、身の上を恨んだことがあります。いまさらこんな年になって恥ずかしいことですが、ほんとうのことです」

「平井、それはそなただけではないさ。わたしも同じだ。朋輩たちも同じことを考えている。しかし、どうすることもできぬ。だから上役にへつらっているしかないのだ。その上役も、さらに上の人におもねっている。それがこの世の定めだ。虚しいことではあるが、ひとりの人間が変えることはできぬ」

「だから何事も上役に伺いを立て、その意を一心に汲むしかありません。お上にご奉公するということは、慎み深くしていなければならぬということです。出しゃばるようなことは許されませぬ。耐えて忍ぶ、ただそれだけでございます」

半九郎は饒舌になっていた。

「下の下におりますわたしら同心は、そうやってじっと日陰の草のように踏みにじられないように、用心深く生きていなければなりません。それが下位の武士の宿命なのです。浜野様にこんなことを申しては怒られるかもしれませんが、心にこれと極めたることがあったとしても、決して口にしてはならぬのです」

「いわんとすることはよくわかる」

「しかしながら、人としてこの世に生を受けた手前、一生に一度は立身をしたいと願うのが正直な人の気持ちだと思います。立身出世を果たし、自分の誉れを子孫に語り継がせたいと思ったりもします。ですが、残念なことに、わたしには無理なことでした。むろん、わたしだけではありませんが……」

「まあ、ゆっくりやりながら語ろうではないか……」

徳右衛門は半九郎に酌をしてやった。

「は、これは恐縮いたします。では、浜野様もどうぞ」

そうやって差しつ差されつしながら、半ば半九郎の愚痴ともいえる話に、徳右衛門は耳を傾けた。

その間に、料理は順次運ばれてきた。

煮物、汁物、刺身、焼き物等々……。

「そういえば先ほど、心にこれと極めたことがあったと言ったな、それはいったいどんなことだ。教えてくれぬか」

徳右衛門はいい心持ちになっていた。

半九郎も真っ赤な顔をしていた。

「いえ、それはいえることではありません」

「役目のことか？」

「まあ、そのようなことですが、言葉にすべきことではありません」

「すると、もしそなたが組頭、いやもっと上の先手頭であったならばどうだ」

「もし、そんな身分であればいえることです。与力や同心の配置、屋敷と与えられている勤め先のことなどです。組屋敷が遠いのに、一番遠い門に通わなければならない組もあります」

「ふむ」

その考えには納得するところがある。

徳右衛門もどうしてそんな処遇になっているのか疑問に思うことがある。だから といって口には出さないが。

それはすべて上役が決めることなのだ。理不尽だと思っても、口はばったいこと はいえなかった。それが現実だった。

いつしか客座敷に行灯がつけられ、蚊遣りが焚かれていた。表も暗くなって、窓から風が流れ込んでいる。

行灯と蚊遣りは、料理を上げ下げしにくる女中が、気を利かせてつけてくれたのだ。

「ところでひとつ訊ねるが……」

徳右衛門は少し体を揺らしながら、思いだしたようにいった。

「何でございましょう」

半九郎も大分酔いがまわっているようだった。

「隠居するには何かあてがあるのではないか。勤めようと思えば、まだ勤められるのだからな。そのことはどうなのだ」

「さすが浜野様、よいところに気づかれました。いや、もう酒の席でありますからいってしまいますが、どうかここだけの話にしていただけますか」

「相わかった。申してみろ。人にはいわぬ。この胸にしまい込んでおくと約束いたす」

「浜野様を信じて申しますが、これです」

平九郎は懐から一本の組紐を差しだした。

紫と縹(はなだ)色、そして黒の三色が鮮やかだった。

「これもそうです」

今度は殿中差を膝前に置いた。

大刀は玄関で預けたので、それしかなかった。

「これが……」

徳右衛門は組紐と殿中差を見、それから平九郎を眺めた。

「わたしが作ったのです。殿中差の柄巻(つかまき)もわたしが作りました」

徳右衛門は酔って赤くなった目をぱちくりさせた。意味がよくわからなかった。

「もう長年組紐の手内職をやっているんですが、ほうぼうで褒められ、気に入ってもらっています。内職仕事にするのはもったいない。これで稼ぐことができると、前々からいわれていたのですが、ついに思い切ったのです」

「すると、隠居したのちは職人になると……そう申すのか……」

「さようです。禄はもらえなくなりますが、かまいません。わたしは余生を、この組紐に賭けることにしました。私利私欲は捨てるのが武士たる者の心得でしたが、わたしには利得が大事なのです。稼ぎます。武士の一分より、いまのわたしには私利私欲に走ろうと思ったのです。一生に一度そんなことをしても罰はあたらないと思いましてね」

　そういったときの半九郎の顔は生き生きしていた。

「もっと早くそのことに気づき、踏ん切りをつければよかったのですが、いやはや長い月日がたちました。それでもわたしは後悔しません。これで生きるのです」

　半九郎はがっと組紐をつかみ取り、酒で赤くなった目を輝かせた。

「さようなことであったか。いや、まあ、それはそれでよいだろう」

「浜野様、このこと内分にお願いいたします」

「わかっている」

六

徳右衛門は床のなかで、昨夜のことを反芻していた。

平井半九郎のいった言葉である。ある種の愚痴ではあったが、徳右衛門に反論の余地はなかった。まさにそのとおりだからである。いや、ひょっとすると自分の考えを、半九郎が代弁しているのではないかと、錯覚しそうにもなった。

だが、もっとも印象に残っているのが、半九郎が先手組を致仕する理由である。

半九郎は長年手内職で組紐を作っていた。染めも自分でやれるといった。そして、店を出せるほどの商品の在庫もあるというし、その気になっている。

（あのときの目……）

徳右衛門は、酔った目を生き生きと輝かせた半九郎の顔を思い出した。半九郎はこういったのだ。

――わたしは私利私欲に走ろうと思ったのです。一生に一度そんなことをしても罰はあたらないと思いましてね。

その言葉を何も知らない者が聞けば、武士にあるまじきこと、と撥(は)ねつけられるであろう。だが、徳右衛門はそんなことは思わなかった。

羨ましいと思った。それだけの踏ん切りをつけて生きることに、じつは憧れもあるのだ。

厳しい束縛や目上の人の目を気にし、いいたいこともいえず、ただ上位の者にかしずき、できるだけ気に入られようとし、自分という者が持っている資質を活かすこともできずに、ただひたすら慎ましく振る舞わなければならない。

そんなことから解放され、自由にやれるのだ。もっとも半九郎は高齢である。この先長いとは思えない。それでも、生き甲斐を持って短い余生を送るのだ。

（平井、よかったではないか）

心中でつぶやいた徳右衛門は、天井を見つめながら小さく微笑した。

昨夜ああやって一席設けたのも、何かの縁であろう。そして、これからも何か役に立てることはないだろうかと考えた。考えたが、気の利いたことは浮かんでこなかった。

がらりと障子が開けられたので、徳右衛門は明るい日の光に思わず顔をそむけた。

「父上、いつまで寝ているのですか？　もうみんなとっくに起きていますよ」

やって来たのは蓮だった。

「昨夜はずいぶんご機嫌のようでしたから、お酒が残っているのではありませんか」

生意気な口を利くのは、おそらく志乃の受け売りだろう。起こしてくるように、いいつけられたというのもわかる。

「いま起きる」

「まったくだらしないですね」

蓮はぷいとそっぽを向くようにして、立ち去った。

徳右衛門はその背中を見て、やれやれと苦笑した。ああやって、母親に感化されていくのだろうかと思う。それがよいのか悪いのかわからない。

ずきずきする頭を軽く叩いて夜具を抜けると、そのまま厠に行き用を足し、井戸端にいって顔を洗った。

空をあおぐと、晴天だ。大きな入道雲が浮かんでいる。

茶の間に行くと、膳部が置かれていた。ぽつんと置き去りにされたように見えた。

まわりを見たが志乃の姿はない。膳部に被せてある白い布巾を取ると、焼かれた目刺しと味噌汁、茄子と胡瓜の漬け物があった。味噌汁は冷めている。

胃がむかついているので、あまり食欲はなかったが、お櫃から飯を茶碗によそって箸を動かした。

冷めた味噌汁に口をつけたとき、裏の勝手口から志乃があらわれた。

「ようやくお目覚めですか。おはようございます」

「おはよう」

「冷めておいしくないでしょう。今日は忙しいので申しわけありませんが、それで辛抱してください」

「なに、かまわぬさ。どこぞへ出かけるのか？」

「小松原(こまつばら)様のお宅にお花を習いに行ってまいります。今日から蓮にも習わせるので連れていきます」

「さようか……」

「お昼はおにぎりを作ってありますので、それを召しあがってください」

「わかった」

徳右衛門が朝餉を食している間に、志乃は手際よく着替えをして、蓮とともに出かけていった。慎之介は手習所に行っているらしく、すでに姿がなかった。

静かになった家でひとり淋しく、あまりうまいともいえない朝餉を食べて、使った食器を洗い、座敷に行ってごろりと横になった。

やはり、昨夜の酒が応えているようだ。体が重かった。少し仮眠を取ろうと思い、目をつぶってすぐのことだった。

「頼もう。留守であるか」

そんな声が玄関でした。半身をあげると、土間に永石洋次郎が入ってきたところだった。同じ先手組の与力である。

「なんだ、いたのか。人影が見えないので、てっきり留守だと思ったよ」

「いましがたみんな出て行ったところです。さ、お上がりください」

徳右衛門は居住まいを正して、洋次郎を誘った。

「だんだん暑くなってくるな。今朝は蟬の声を聞いた」

洋次郎は座敷に腰をおろすなり、そんなことをいって言葉を継いだ。

「何となくおぬしと将棋を指したくなってな。暇なら相手をしてもらおうと思いやって来たのだ」

「将棋ですか。よいでしょう。わたしも今日は暇を持てあましておりますので……」

徳右衛門は早速将棋盤を運んできて、駒を並べはじめた。

ぱちぱちと駒を並べていると、蟬の声がした。

「ほんとうですね。蟬が鳴きはじめましたね」

「今年の初蟬だ。さて、おぬしから先にどうぞ」

「初蟬、なるほど。では遠慮なく」

徳右衛門はぱちりと、歩を突いた。洋次郎もすぐに歩を突き返してくる。徳右衛門は守りを固めるが、洋次郎は棒銀で攻めてくる。

「志乃殿はどこへ出かけられた？」

「生花を習いに小松原さんの家へ行きました。今日から蓮も手ほどきを受けるそうで……。なるほど、そう来ましたか」

「小松原さんの奥方の生花はなかなかのものらしい。うちの細君がそういっていた。あ、これは困ったな。ちょっと、その一手待ってくれぬか」

「待ったはだめです」

洋次郎は腕を組んでうなる。徳右衛門はその様子を得意そうに眺める。洋次郎は少し年上で、品のある細面である。その顔を難しそうにゆがめている。

「茶を淹れてきましょう。ゆっくり考えてください」

徳右衛門は台所に立ち、茶を淹れようと思ったが、麦湯があったのでそっちにした。二つの湯呑みを持って座敷に戻ると、洋次郎はまだ考え込んでいた。茶を受け取り、これは難しいことになっている、とひとり言をいう。

徳右衛門は余裕の体（てい）で、麦湯に口をつけ、表を眺めた。

庭に初夏の光が溢れている。座敷に流れ込んでくるゆるやかな風が、鳴きはじめた蟬の声を運んできた。

「こうしよう」

長考した洋次郎が、ぱちんと角を打った。

とたん、徳右衛門は、あっと、声を漏らした。

「それは待って……はあ、待ったはなしでしたね」

形勢が逆転した。

今度は徳右衛門が長く考える番になった。

「年寄同心の平井半九郎が隠居するようだな」

余裕のある洋次郎がそんなことをいった。徳右衛門はちらりと盤上から顔をあげて、聞いていると答えた。

「年も年だが、どうも体がよくないらしい。まあ体が持たなくなったのなら仕方あるまい。寄る年波には勝てぬということだな」

「体がよくないと……どこか悪いのでしょうか？」

徳右衛門は昨夜本人と痛飲したのだが、そんな素振りもなかったし、体のことはなにも聞いていない。

「さあ、よくはわからぬが、消渇（しょうかち）ではないかという話だった」

「消渇……」

これは現代でいう糖尿病である。

徳右衛門は昨日の半九郎を思い出した。

消渇は喉が渇き、小便の出が悪くなり、痩せると聞いている。しかし、半九郎にそんな様子は見られなかった。

ひょっとすると、致仕するためのいい訳かもしれないと徳右衛門は勝手に思った。

結局将棋のほうは、徳右衛門が悪手を指して、それがもとで負けてしまった。

そして、洋次郎はそのまま気分よく帰っていった。

再びひとりになった徳右衛門は、縁側に立って空を眺めた。

（平井が消渇……）

そういうことなら、病気を理由に引退を願い出る病免致仕だろうかと考えた。

平井半九郎は、翌日、勤務地である下梅林門に姿を見せなかった。そして、その翌日も来なかった。組頭には休みを届けてあるというので、問題にはならなかったが、結局そのまま半九郎は隠居の身になった。

そのことを聞いたのは、半九郎と飲んで十日後のことだった。

「もう平井はやめたそうだ。上のほうで致仕願いを受け取ったと聞いた」

教えてくれたのは、洋次郎だった。

徳右衛門は、やはり消渇がひどいのだろうかと聞いたが、洋次郎は、さあと首を捻るだけだった。

気になった徳右衛門は、その日の帰りに半九郎の家を訪ねてみようと思った。すでに組屋敷を出ていれば、引っ越し先まで足を運ぶつもりだ。

もし急に体を悪くしたのなら、それは自分のせいかもしれない。なにせ紅梅亭では浴びるほど酒を飲ませたのだ。

七

半九郎の家を訪ねると、妻女が慌てて飛んできた。

「これは浜野様、先日は夫が大変な馳走になったそうで、まことにありがとうございました。あの晩はよいご機嫌で、くどいほど楽しい酒だったと喜んでおりました」

「それはなによりだった。で、ご亭主は？」

「お医者に行っておりますが、そろそろ帰ってくるはずです。どうぞお上がりくださいませ」

「いやそれには及ばぬ。医者だといったが、病にでもかかったか……」

消渇だと聞いてはいたが、念のために聞いてみた。

「もうずいぶん長く消渇を患っているのです。ときどき、お医者に診てもらい薬を飲んでいるのですが、あまりよくはならないというより、だんだん悪くなっているようなのです。あ、こんなところで立ち話もできません、どうぞお入りになってくださいませ」

徳右衛門は出直そうと思ったが、もう少し詳しい話を聞きたくなったので、妻女の言葉に甘えることにした。

「いますぐにお茶を淹れますので……」

座敷に上がると、妻女はそのまま台所に行ってしまった。

隣の小部屋を見ると、そこにはたくさんの組紐があった。色とりどりである。刀の下げ緒や羽織の紐もあるが、その数は相当なものだった。

壁にも掛けられていて、その種類は豊富である。丸い台や四角い台が置かれているが、おそらく作業用の道具だろう。

先日の酒席で自分に打ち明けたことは、ほんとうだったのだ。半九郎は本気で商売をはじめるのだろう。

扇子をあおいでいると、妻女が茶を運んできた。そのとき、玄関に声があり、半九郎が姿を見せた。

「ちょうどよいところへお帰りくださいました。浜野様がお見えなのですよ」

妻女に告げられた半九郎が、顔を向けてきたが、徳右衛門はその様子を見て衝撃を受けた。

半九郎は中間の介助を受け、杖をついていたのだ。また杖を持つその手がかすかに震えてもいた。

「よくおいでくださいました」

半九郎は深々と頭を下げてから座敷に上がってきたが、何やら足取りがおぼつかなかった。徳右衛門はその様子を訝しむように見ていた。

「先日は大変結構な料理とご酒を馳走になりました。改めてお礼申しあげます」

「そんなことはよい」

徳右衛門は遮ってからつづけた。

「体が悪いと聞いたが、消渇だったのだな」

「……もう十年ほど前からです。役儀には支障ありませんでしたが、ここ数ヵ月どうも調子がよくありませんで……」

「致仕したのはそのためだったのだな」

「それもありますが、先日浜野様にお話ししたこともあります。もっとも届けには病気を理由にしています。そのほうがすんなり受けてもらえると思いましたので……」

「しかし、わたしとあの晩飲んだのがよくなかったのではないか。そなたはあの日を境に出仕しておらぬ」

「浜野様、それはちがいます。夫は毎晩酒を飲んでおります。お医者には止められていますが、この人の酒好きはやみませんで……」

口を挟んだ妻女は困ったものです、と言葉を添え足し、半九郎に茶を置いて下がった。

「妻のいうとおりです。浜野様と飲んだ酒のせいではありません。どうかご心配なさらないでください」

「しかし、先日と今日ではずいぶん様子がちがうではないか。先日はすこぶる元気そうに見えたが、今日は人が変わったように……」

「目が見えなくなったんでございます」

半九郎は悔しそうに口を引き結んだ。徳右衛門はその顔をまじまじと見つめた。たしかに目に濁りがある。

「もしや盲いたのか？」

「まったく見えないわけではありません。ぼんやりとは見えます。かねてより見えにくくなっていたのですが、ひどくなりまして……」

半九郎は小さなため息をついて、茶に口をつけた。

「浜野様、こうなったのはわたしの不養生のせいなのです。それは自分でよくわかっています。決して、決して浜野様のせいではありません」

　半九郎は声を強めて断言した。

「であればよいのだが、それにしても不自由なことになったな」

　徳右衛門は憐憫（れんびん）を込めた眼差しを半九郎に向けた。

「悔やむのは予定が狂ったことでございます」

　半九郎は膝に置いた手をにぎりしめて、組紐を置いてある部屋に顔を向けた。傾いた日の光が射し込み、色鮮やかな組紐にあたっていた。

「そこが作業場なのだな」

「さようです」

「組紐で商売をするといっていたが……」

「こんな目になってはうまくいきません。手許が狂いますし、色の見分けがうまくできなくなりました。あと数年は大丈夫だろうと高をくっていたのですが、まさに悔しいの一言です」

「それにしてもかなりの数であるな。これだけでも商売ができるのではないか」

「新たに作ることができればよいのですが、それができなくなったいまは、卸す算段をしているところです」

在庫がなくなれば、それで終わりになるということだ。

「なるほど……」

「なんとも切ないことだのう」

徳右衛門が心に浮かんだことを口にすると、半九郎はやつれた顔にやわらかな笑みを浮かべた。

「もうすべての覚悟は決めております」

「覚悟……」

「生きるということの覚悟でございます。来し方を振り返れば、それはそれでよかったのではないかと思うしかありません。贅沢はできませんでしたが、質素ながらも人並みに生きてこられました。先日は浜野様のお誘いを受け、ほんとうに嬉しゅうございました。そして、つい甘えてしまいました。申しわけございませんでした」

半九郎は深々と頭を下げた。

「甘え……そんなことがあったかな」

「目上の人にはいえないことを申しました。いつか誰かに、それも朋輩でない上役の方に、下々の役人の心の内を聞いてもらいたいと思っていたことです。寛容な浜野様ならと思いまして、つい口を滑らせてしまいました」

「あのことなら気にすることはない。わたしとて、同じようなことを思うことがあるのだ。さように申したではないか」

「はい、嬉しゅうございました。ほんとうです」

半九郎の目が潤んでいた。

「あのときの酒は、いままでで一番うまい酒でした。料理も……贅沢をさせていただきました。改めてお礼をしなければならないと思っていたのですが、この体が……」

半九郎は悔しそうに唇を嚙んで首を振った。その両目から涙が伝い落ちた。

「物わかりのよい上役を持ち、わたしは幸せだったと、あのとき心の底から思いました」

「平井、もうよせ。十分にわかった」

半九郎は「はい」とうなずいて、袖で涙をぬぐい顔をあげた。

「ひとつお伺いします。人には大切なものがあると思います。わたしはそれが、組紐で身を立てるという小さな夢を叶えることでした。浜野様にとっては何が最も大切なことでしょうか？」

「大切なもの……」

徳右衛門は短く視線を泳がせてから答えた。

「わたしにとって大切なのは、家族だ」

「は……」

「わたしには妻と倅と娘がある。そのみんなが大切だ。命が最も大切なものだろうが、家族は命を張ってでも守らなければならぬ。その家族がいつも平穏で暮らせるのが、一番大切なことだ」

「はは、これはまた感心いたしました。思いもいたさぬことでした」

「なぜ、そんなことを訊ねた？」

「不躾ながら、浜野様の生き方を少し知りたかっただけです」

「ふむ。さて、日も暮れかかってきた。平井、体を大事にしてくれ。できた妻があるのだ。元気でいなければな」

低頭する半九郎を見て、徳右衛門は腰をあげた。

八

平井半九郎の死を知ったのは、それから六日後のことだった。

同じ組屋敷に住む下役同心の、成宮幸四郎(なるみやこうしろう)が教えてくれたのだった。

「腹を……」

徳右衛門は幸四郎の若い顔を見た。

半九郎は切腹したのだった。

「介錯もなしに、見事な最期を遂げられたということです」

「家の者はどうしていたのだ？」

「みんなが出払っているときだったそうです。わたしは知りませんでしたが、病を苦にされてのことだったようです。隠居もそのせいだと聞きました」

「死に急ぐことはなかっただろうに……」

徳右衛門は細いため息をついて、詰所のそばに立っている高い欅(けやき)の木を眺めた。

蟬の声がかしましい。

あのとき死ぬ覚悟だったのだと、いまになって徳右衛門は気づいた。半九郎を訪ねたとき、彼はすべての覚悟は決めているといった。そして、こうつづけた。

――生きるということの覚悟でございます。

徳右衛門は病苦に負けずに余生を生き切る覚悟なのだと、勝手に解釈した。しかし、そうではなく、死を覚悟していたのだ。

(なぜ、あのとき気づかなかったのだ)

徳右衛門はかためた拳で、自分の太股を打った。

「いかがされました?」

幸四郎が顔を向けてきた。

「平井には夢があったのだ」

「夢……」

「ああ、もう死んでしまったからいってもかまわぬだろうが、平井は組紐の手内職をしていた。相当な腕だ。素晴らしい組紐をたくさん作っていた。隠居をして組紐の職人になるつもりだったのだ」

「それは知りませんでした」

「だが、消渇がひどくなった。先日会ったとき、平井の目は相当悪くなっていた。ほとんど見えなかったのかもしれぬ」

「………」

「なんとも儚いものだな」

徳右衛門はじっと動かない白い雲を見あげた。

平井半九郎の妻お咲が訪ねてきたのは、その夜のことだった。

「何もかも無事に終わりまして、少し肩の荷が下りたところです」

お咲は半九郎の葬儀から埋葬まですべて終わったことを告げた。身内だけのささやかな葬儀で、先手組からは組頭が代表で出席しただけだった。

「いずれ線香をあげに行きたいと思っていたのだが、もう組屋敷も越すそうであるな」

「わたしは倅の組屋敷に移ることになりました」

「倅殿がいっしょなら安心だ」

「あの、他でもありませんが、夫から預かっているものがあるのです」

お咲は膝前に畳紙の包みを差しだした。

「浜野様にわたしてくれと頼まれていたものです。夫が死ぬ間際までかかって作ったものです。どうぞお納めください」

徳右衛門はそっと包みを開いた。

羽織の紐が入っていた。渋い薄鼠色の紐だった。正絹のしっかりした織りだ。

「では、ありがたく」

「夫が精魂込めて作った最後の組紐でした。夫は浜野様のお誘いを受けた夜のことを、心底喜んでおりました。何度も同じことをいうのです。浜野様ともっと早く親しくなっておけばよかったと」

「……わたしももっと近づきになっておけばよかった。それだけが悔やまれる」

「とにかくいろいろとお世話になりました」

「わざわざご丁寧にかたじけない。これは大事に使わせていただきます」

徳右衛門はそのままお咲を表まで送った。

「ではこれで失礼いたします」

お咲は辞儀をすると、背中を見せて歩き去った。だが、いくらも歩かず立ち止まって振り返った。

「浜野様、夫は思いの丈を話すことができたといっておりました。それが一番嬉しかったと、そう申しておりました」

「さようか」

「わたしはそれだけでも幸せだったのだと思います。誰にもいえないことを、いえたのですから。聞いてくださりありがとうございました」

手に持つ提灯の明かりを受けたお咲の目に、涙が浮かんでいた。徳右衛門は、その涙に釣られるように胸を熱くした。

死んだ半九郎がひたすら胸に抑え込んでいた、下級役人の悲哀を思い知らされたと深く感じ入ったのだった。

「では、失礼いたします」

お咲は今度こそ歩き去っていった。

徳右衛門は提灯の明かりが見えなくなるまで、その場に立ち尽くしていた。涙を抑えることができなかった。ゆっくり見あげた空には、数え切れない星たちのまたたきがあった。

第三章　子供の喧嘩

一

「門番から出世を……」

徳右衛門は歩きながら福田久兵衛のふっくらした顔を見た。

「さようだ。おれたちは出世など叶わぬ身だが、大名家の家臣はそうではない。門番から旗本格の番頭に大出世だ」

「そんなことがあるのか、へえ、そうか……」

徳右衛門はしきりに感心する。

出世をしたという人物は、呉服橋御門で門番をしていた外様大名家の家臣・岡部勘九郎だった。江戸城の各門には格式があり、大名家の石高、そして譜代か外様かによって利用する通用門が決められている。

また、各門の警備にもその門を使っている大名家の家臣が交替で詰める。久兵衛が口にする呉服橋御門を担当するのは、一万石から二万石の大名家二人と決まっている。派遣される家臣は、侍二人、徒士（かち）侍二人、弓五張だ。よって、呉服橋御門の警備担当者は九人ということになるが、それを補佐する形で先手組も受け持つことがある。

そして、徳右衛門と久兵衛も、かつて呉服橋御門を担当したことがあった。そのとき、岡部勘九郎という綾部藩九鬼家の家臣と知り合った。

年は徳右衛門より二つ上の三十四歳だったが、腰の低い好感の持てる男で、非番の日に酒を酌み交わしたこともある。

「徳右衛門、ちょいと涼んでいこう。暑くてかなわぬ。話はそこでもできよう」

久兵衛はそういうと、自分の中間と徳右衛門の中間小平次に、おまえたちも一休みだと行って茶屋にいざなった。

四谷御門の手前、麴町十丁目にある茶屋だった。それぞれに麦湯をもらい、汗をぬぐい扇子をあおいだ。蟬の声がかしましい。

夕七つ（午後四時）前なのに、強い日射しが大地を焦がしていた。店の前には水打ちがしてあり、地面が黒くなっていた。しかし、すぐに乾いてしまうだろう。

救いは風があることだった。日陰に入ると幾分暑さから逃れられるし、ちりんちりんと鳴る風鈴の音が涼味を感じさせた。

「さっきの話だが、おぬしは岡部殿に会ったのか？」

徳右衛門は扇子を使いながら久兵衛を見る。

「うむ、会った。会ったというより遠目に見ただけだ。何しろ家来が多いから声をかけづらくてな」

「家来……何人ぐらい従えていたのだ？」

「まあ、二十人ほどいただろうか」

「二十人……」

徳右衛門は鸚鵡返しにいって驚く。それだけの人数を従えるのは大変なものだ。

「番頭といえば、どのあたりの地位なのだ？」

「わしが聞いたところによると、藩主から順番に江戸年寄、江戸家老、御城代、御番頭ということだった。番頭の下はまあ足軽のような番士たちだろう。詳しいところまでは知らぬ」

「呉服橋御門にいるときは、徒士頭でもなく組頭でもなかった。平の徒士だった」

「それがいまや八百石取りだ」

「八百石取り」

徳右衛門は声を裏返して驚き、目をまるくした。

「そんな身分になられたのか。……しかし、そんなことはめずらしいのだろう」

「それがそうでもないのだ。例えば、信濃の真田家は外様だったが、いつの間にやら譜代席だ。いずれ老中も間違いないだろうという評判だ」

「それなら知っておる」

「ほう」

今度は久兵衛が驚き顔になった。

「藩主は真田幸貫様とおっしゃる。しかし、真田家の直系ではない。先代藩主の養子に迎えられたのだ。しかし、生まれがよい。松平定信様の子であり、八代様のひ孫なのだ」

八代様というのは、徳川吉宗のことである。

「そんな血筋だったのか。いや、それは初耳で知らなかった」

「外様から譜代になられたのも、そんな血筋があるからだろう。もっとも幸貫様は抜きんでた才覚の持ち主らしいから、相応の力量を持っておられるのだろう」

「おぬしも耳敏い男だのう。いや、これは感心」

ふぁっはっは、と久兵衛は笑った。

「しかし、機会があれば岡部勘九郎殿にお目にかかって話を聞きたいものだ」

「まあ、無理であろう。いまは身分がちがいすぎる」

「身分か……」

徳右衛門は麦湯を飲んで、遠い目になって表を眺めた。

道の反対側は尾張家中屋敷の裏門である。長塀の上に枝振りのよい松や、青葉を茂らせている欅が伸びている。

「どうした？」

ぼんやりしたことを考えていた徳右衛門は、久兵衛の声で我に返った。

「いやなんでもない。さあ、帰るか」

徳右衛門は腰を上げた。

その夜、慎之介の帰りが遅かった。すでに夜の帳(とばり)が下り、夕餉の支度も調っていた。

「慎之介はずいぶん遅いな。遅くなるといっていたか」

先に晩酌をはじめていた徳右衛門は志乃を見た。

「いいえ、わたしも気になっていたのです。蓮、何か聞いていませんか？」

志乃は蓮を見た。

「ううん、何も聞いていませんわ」

蓮は首を振っていう。

「今日は手習所から道場に行っているのだったな」

「さようです。でも、遅すぎますわ。道場で何かあったのかしら……」

志乃は胡瓜の塩もみを徳右衛門に出しながら、玄関を心配げに見た。釣られたように徳右衛門も玄関を見た。

慎之介は四谷伝馬町にある九十九研蔵の手習所に通う傍ら、北伊賀町の百静館道場にも通っている。遅くなることはたまにあるが、そのときはちゃんと志乃に告げて出かけるのが常である。しかし、今日は何も告げていないし、すでに六つ半（午後七時）は過ぎているはずだ。

「ちょっと見てこよう」

徳右衛門は盃を置いて立ち上がった。

門を出て左右を見るが、人影はなかった。組屋敷の通りは閑散としており、いたって静かである。隣家の明かりが垣根越しにうっすらと見えた。

「もう少し待ってみるか」

徳右衛門はひとり言をいって夜空をあおいだ。明るい満月が浮かんでいる。

玄関に戻りかけたとき、目の端で人の影をとらえた。はたと立ち止まってそっちを見ると、人の影は千鳥足のようによろけている。

（酔っ払いか……）

そう思ったがちがった。人影は子供だ。

「……慎之介か？」

目を凝らして声をかけると、人影はばたりと倒れ、ゆっくり頭をもたげ、

「父上」

と、小さな声を漏らした。

二

「どうしてこんなことになった？」

徳右衛門は慎之介を家に連れ帰って訊ねるが、

「それがわからないのです」

慎之介は首を振るだけである。

「とにかく手当をしなければ……」

そういった志乃は甲斐甲斐しく動き、慎之介の手当にかかった。さいわい大きな怪我はしていなかったが、唇を切り、片頬が青黒く腫れていた。頭に瘤（こぶ）もできていて、太股や腕には青痣を作っていた。

慎之介は道場の帰りに突然、得体の知れない者たちに襲われ、袋叩きにあったという。気づいたときには、法光寺という寺の脇にある空き地に倒れていたらしい。

「相手はどんなやつだったのだ？」

徳右衛門は手当の終わった慎之介に聞いた。

「それがわからないんです。何しろいきなりだったから……」

「人数は？」

「ひとりではなかったです。でも、二人だったのか三人だったのか……」

慎之介は首を捻る。

「ご飯をいただきなさい」

志乃は食事を勧めて、酒を飲みなおしている徳右衛門に、貝の佃煮をわたした。

「それにしても、襲われるにはそれなりの理由があるはずだ」

徳右衛門は盃を口に運びながらいう。

「何か心あたりはないか？」

聞かれる慎之介は、飯を頬ばったまま視線を泳がせて考える。顎のあたりが痛むのか、ちょっと顔をしかめた。

徳右衛門はそんな様子を見ると、何だか自分が痛い目にあった錯覚を覚えた。できるならその痛みを、もらってやりたいと思いもする。大事な倅をひどい目にあわせた人間に強い怒りも覚える。

（必ずや見つけだして、懲らしめてやる）

徳右衛門は心中で、相手を憎んだ。

「……どうなのだ？」

「わかりません。なぜ、あんな目にあったのか、自分でもよくわからないんです」

「ひょっとして道場で何かあったのではないか？　同じ道場の者というのはどうだ？」

「それはありません。みんな仲良くしていますし、わたしに卑劣な真似をしそうな人はいません。そんなことをするなら、道場で正々堂々と相手をするはずです」

「そうであろうな」

「それじゃ九十九先生のところかしら……」

志乃がまばたきをしながらいう。

以前、九十九の手習所でいじめの問題があったが、あれは無事に解決しているし、その後は通っている子弟らは仲良くしていると聞いている。

「九十九先生のところにはそんなやつはいません。それはよくわかっているから……」

慎之介は断言するようにいって、鯖の味噌漬けを箸でほぐした。

結局、慎之介を袋叩きにした相手のことはわからないままだった。

しかし、徳右衛門は床についても、襲われた慎之介のことを考えていた。夜の片付けを終えて、志乃が隣の夜具に横になった。

吊している蚊帳が、少し開けている雨戸から吹き込む風に揺れた。

「明かりを消してくれ。虫が入ってくる」

徳右衛門にいわれた志乃は半身を起こし、有明行灯の芯をつまんで消した。すうっと部屋のなかが暗くなるが、目はすぐ闇に慣れてきた。

「いったい誰の仕業だろうな……」

「許せませんわ」

志乃も憤慨の声を漏らす。

「しかし、襲われるには何かがあるはずだ。襲うほうも、何か意趣を持っていなければならぬ」

「慎之介は心あたりがないといいます」

「そこが問題なのだ。慎之介は人とうまく付き合っているだろうが、なかには底意地の悪い人間もいる」

「では慎之介の友達のなかにそんな子が……」

「それはどうかわからぬが、許せぬ所業だ」

「今日だけですまないなんてことはないでしょうね」

「そんなことがあってたまるか。慎之介は目に入れても痛くない大事な息子だ。なんの理由もなく痛めつけられるなど承知できぬ」

「わたしだって、今日帰ってきた慎之介を見たときは胸が痛くなりました。それからだんだん腹立たしくなりましたけど、怒りの持って行き場がありません」

「明日も下城は早い。ちょっと調べてみよう。慎之介だけでなく、他の子たちにも被害が出ないともかぎらぬからな」

「まったくでございます」

志乃は憤慨口調でいう。

それからしばらく二人とも沈黙した。表でジィと夜蟬の声がした。

徳右衛門はそのまま寝ようと思ったが、すぐには眠れそうになかった。

「このごろ奥方連中とはうまくいっているのか？」

唐突な質問だったらしく、志乃が顔を向けてきたのがわかった。

「まさか、それが慎之介のことと関わっているとおっしゃるので……」

「そうではない。何となく聞いただけだ」

徳右衛門は志乃が同じ与力のうるさい妻を煙たがっているのを、何となく知っていた。

「奥様たちとは常と変わらぬお付き合いをしていますよ」

「ならよい。あまり波風は立てないほうが無難だ。むろん、志乃がそんなことをしているといっているのではないぞ」

「わかっております」

「とにかく慎之介を痛めつけた相手のことは、調べなければならぬ」

三

「どうだ、傷の具合は？」

翌朝、朝餉の膳部についた慎之介に訊ねた。

「あちこちが痛みます」

慎之介はそういって、ちくしょう、とつぶやいた。

「打ち身が痛むのだろう。今日は無理をしないことだ」

「はい、今日はおとなしく家にいます」

「それがいい」

徳右衛門は食事にかかった。

清涼な風が縁側や開けている玄関から流れ込んでいた。蟬たちはすでに鳴きはじめているが、まだ過ごしやすい時間だ。

「父上、父上は将軍様に会ったことはありますか？」

慎之介が突然そんなことを聞いてきた。

「会ったこと……そりゃあない」

「では見たことはあるんですね」

徳右衛門は考えた。

遠目にならば何度もあるが、近くでは見たことがない。将軍がそばまで来たら平伏しなければならない。顔を上げることは許されないので、将軍がどんな顔をしているかもわからない。

「どうなんです？」

考えていると、慎之介が返答を催促する。

「見ることはあるが、いつも遠くからだ。だから、どんなお顔をされているか、しっかり見たことはない」

「やはり、御目見にならなければ、将軍様には会えないのですね」

「なぜ、そんなことを聞く？」

「昨日、九十九先生の手習所でそんな話が出たからです」

「……」

「よし、わたしは御目見を目ざします」

そういった慎之介は、勢いよく飯を頬ばった。

徳右衛門はあきれ顔でそんな倅を見て、茶碗と箸を置いた。

その日登城し、持ち場についた徳右衛門は、昼九つ（正午）を過ぎると諸門の見廻りに出た。これには槍持ちの同心が二人従う。そして、同じ与力の福田久兵衛といっしょだった。久兵衛はおしゃべりだから始終口を動かしている。

砂利が火傷しそうに熱くなっている、なるべく木陰を見つけてまわろう、日向は急げ、などとうるさいほどだ。

本丸御殿を囲む櫓下を通り、喰違門を出てすぐのことだった。

久兵衛が「おい」と、注意を促した。大手門から大名と思われる一行があらわれたところだった。

道は広いが、見廻り中の徳右衛門らは通行の妨げにならないように、大きく脇によって立ち止まった。

やはり大名の一行だった。そして、家紋を見て九鬼家の一行だとわかった。すると供侍のあとを歩いているのは、藩主の九鬼大隅守だ。

一国の大名に失礼があってはならぬから、徳右衛門たちは土下座をした。そして、徳右衛門は上目遣いに一行の顔ぶれを盗み見た。

とたん、はっとなった。そのなかに岡部勘九郎がいたからだ。以前、同じ門の警固にあたった男である。

そのときにはなかった威厳が備わっていた。歩く姿も堂々としていて、よく日に焼けた顔には自信が溢れていた。

「岡部殿がいるぞ」

小声でつぶやいて久兵衛に教えたが、もうそのときは後ろ姿しか見えなかった。

「ほんとに岡部殿が……」

「そうだ、大隅守の右後ろにいるのがそうだ」

「へえ、それは気づかなかった」

久兵衛は大名一行を見送りながら感心顔をする。

「ずいぶん立派になられた。羨ましいかぎりだ」

「大出世だな」

立ち上がった久兵衛も、羨ましげな顔をしていた。

やがて大隅守は、供の者たちに見送られて、下乗門のなかに消えた。他の従者はそのまま供待（ともまち）（待合所になっている建物）に入っていった。

その日、徳右衛門は下城の途中で小平次を先に帰し、昨夜慎之介が襲われたというあたりに足を運んでみた。

そこは、自宅組屋敷からほどない法光寺脇の火除明地（ひよけあきち）だった。正面は高須藩松平家上屋敷の長塀で、道場からつづく道は武家地が多いので、人通りは少ない。

慎之介は火除明地の前あたりで待ち伏せをされ、ひどい目にあっている。

（いったい誰が……）

犯人が慎之介に意趣を持っている者ではないとすると、見てはならぬものを慎之介が気づかないうちに見てしまった、あるいは聞いてはならぬことを聞いてしまったのかもしれない。

（それも考えられることだ……）

一度、百静館に行って事情を話してみようかと思ったが、いらぬ騒ぎになるかもしれないと思いなおし、自宅に帰ることにした。

「父上、ひょっとするとあいつらかもしれません」

帰宅するなり濯（すす）ぎを持ってきた慎之介がいった。

「おまえを襲ったやつのことか？」

「そうです。町人の倅どもかもしれません」

「なに……」

徳右衛門は眉根を寄せて慎之介を見た。

「この間、弱い者いじめをしているやつがいたんで、注意をしたんです。それで、いじめはやめましたが、生意気なやつだと捨て科白を吐かれたことがあります。おそらくわたしより二つか三つ年上なので、癪にさわったんでしょう」

「ふむ。その相手はひとりか、それとも何人かいたのか？」

「仲間が二人いました」

「すると三人……」

徳右衛門は考えた。見つけて問い糾すこともできるが、それが必ずしもよい結果になるとはかぎらない。

「慎之介、ちょっと座敷へこい」

徳右衛門は濯ぎを返すと、手早く楽な着流しになって座敷に腰をおろした。すぐに慎之介がやって来て前に座った。

「なんでしょう」

「おまえを襲ったのは誰かわからぬ。悔しい気持ちはわかるが、たしかなことがわからないまま、人を疑ってはならぬ。痛い目にあって我慢ならぬだろうが、その怒りを抑えるのも男だ」

徳右衛門は慎之介にまっすぐな視線を向けていった。

「…………」

「わたしのいうことがわかるか?」

慎之介は視線を泳がせた。

「では、襲った相手がはっきりしたら、どうします? わたしは痛い思いをしたのですから、泣き寝入りはいやです」

今度は徳右衛門が考える番だった。無闇に仕返しを認めるわけにはいかない。

「もし、相手がわかったらまずわたしに教えろ。手を出してはならぬ。おまえに非がないのであれば、きちんと裁きを受けさせる。そのほうが相手にはきついはずだ」

「…………」

「やられたからやり返すという考えは捨てるのだ。わかったな」

慎之介は納得できない顔つきだったが、しぶしぶとわかりましたと答えた。

四

だが、慎之介は徳右衛門のいいつけを聞きはしなかった。

慎之介は袋叩きにされてから、ずっと襲撃者のことを考えつづけていた。それで昨日、きっとそうではないかという相手が、頭に浮かんだのだ。

仙吉という町の男だった。その仙吉がときどき悪ふざけをしているのを見かけることはあったが、ただそれだけのことだった。

しかし、五日ほど前のことだった。道場の帰りに、仙吉が数人の仲間と女の子を取り囲んで、いじめていたのだ。女の子は悪口をいわれたり、髪を引っ張られたり、腕をつねられたり、頭を小突かれ、泣いていた。

慎之介は見て見ぬふりはできないから、止めに入った。

「おい、男がか弱い女をいじめるのは許せぬ。それも大勢でよってたかってなんだ！　やめろ！」

男たちは一斉に慎之介をにらんだが、侍の子だと察したらしく、

「横から茶々入れて面白くねえ」

と、一人の男が捨て科白といっしょに、足許につばを吐いた。

慎之介はかちんときたので、待て、おまえの名はなんだと聞いた。

「仙吉だよ。よく覚えておきやがれ」

慎之介は立ち去る仙吉たちを見送って、さっきの女の子を振り返ったが、もう

そこにはおらず、遠くに駆け去っていた。

ところが、昨日の夕刻、その女の子から声をかけられた。最初はよくわからなかったが、この前は助けてくれてありがとう、と礼をいったのでぴんと来た。

「先日の、あの子か……」

慎之介は、先日は女の子の顔をはっきり見ていなかったので、少し驚いた。目鼻立ちの整った可愛い子なのだ。

「はい」

女の子はこくんと頷き、恥ずかしそうな笑みを浮かべた。それがまた可愛かったので、慎之介は胸を熱くした。

「名は？」

「弓(ゆみ)です。伝馬町二丁目に中島屋って店があります。そこがわたしのうちです。よろしくね」

「あ、はい。わたしは浜野慎之介という。よろしく」

言葉を交わしたのはそれだけだった。

だから、昨日は父親が帰宅すると、お弓をいじめていた仙吉のことを話したのだ。だが、たしかなこともわからずに相手を疑ってはならぬ、と釘を刺された。

ならば、たしかめればよいと考えた。

その朝、父徳右衛門が出勤したあとで、慎之介は家を出て四谷伝馬町二丁目に向かった。

お弓の家、中島屋はすぐに見つかった。それまで店の前を何度も通っていたのに気づきもしなかったが、大きな米穀問屋だった。奉公人は十人ぐらいいそうで、間口六間(約一〇・八メートル)はあるだろう店の前には大八車が並んでいた。

その大八車から俵物がどんどん下ろされて、店のなかに運び込まれていた。四谷は水運より陸運が発達し、重宝がられている。米穀のほとんどは、四谷西域方面に広がる村の産物だった。

慎之介は店の前を何度か素通りしたが、お弓を見ることはなかった。それで店の裏にまわってみた。幅一間半(約二・七メートル)ほどの小道に、中島屋の裏口があった。戸が開いており、店のなかを垣間見ることができた。

「何かご用で?」

突然、背後から声をかけられて心底びっくりした。

「あ、いえ。そのお弓さんに聞きたいことがありまして……」

「お嬢さんのお知り合いですか？」

「は、まあ。浜野慎之介という者です」

相手は二十代半ばの男で、慎之介をもう一度見てから、待っててくれといって店のなかに消えた。待つほどもなく、下駄音をさせながら、お弓が裏の勝手口から飛び出すようにして姿をあらわした。

「おはようございます。よくいらっしゃいました」

お弓はにこにこと嬉しそうな笑みを浮かべていた。

「その、ちょっと聞きたいことがあるんだ。しかし、暑いねえ」

慎之介は額の汗を手の甲でぬぐって、空をあおいだ。お弓の家の庭から迫り出している青い葉を茂らせた柿の木が、頭上に枝葉を伸ばしていた。その木越しにぎらつく日の光がある。けたたましく鳴いていた蟬が、どこかへ飛んでいけば、今度は別の蟬が元気よく鳴きはじめた。

「何かお話があるんでしょう」

お弓が澄んだ瞳を向けてくる。

慎之介は、なぜか会ったとたんに息苦しいほどの動悸を感じた。いまも心の臓がドキドキしていて、お弓と視線を合わせるのが何となく気恥ずかしい。

「この前、仙吉たちにいじめられていたけど、なぜあんなことになったのかな、と気になって……」

お弓は浮かべていた笑みを、すーっと消した。

「女ひとりをよってたかっていじめるなんて許せないけど、それには何かわけがあると思ったんだ。よかったら教えてもらいたいんだ」

「そんなことを知ってどうするんです？」

「どうするって……また同じ目にあったら困るじゃないか」

お弓は少し歩いて、置いてある床几に腰をかけた。ちょうど日陰で、風の通りもよいので涼み場所なのだろう。

慎之介も釣られるようにして隣に座った。

「仙吉さんたちが、おとっつぁんの悪口をいったから腹が立って……」

「腹が立って、どうしたの？」

慎之介は、唇を嚙んで口を閉じたお弓を見た。

「人の悪口をいう前に掛けを払えっていったんです。あの人たちの家が、いつも集金を待たせているのを知っているから……。もちろんうちだけじゃなく、他の店にも同じように待たせているし、家賃もためているの。だから、そんなことを。

……いいながら、いっちゃいけないかなと思ったけど、もう止まらなくて……」

「それで仙吉たちが、また腹を立てていじめたんだね」

お弓はこくんと頷いた。

「あいつらどんな悪口をいったんだい？」

「ケチだとか、がめつい親爺だとか、中島屋は汚い商売をしているとか。それにおっかさんのことを、もとは女郎だったんだと囃(はや)し立てて……おっかさんの化粧が濃いのはその証拠だなんて……」

「ひどいことをいうもんだな。そういうことだったのか」

慎之介はまるで自分が罵られたような錯覚を覚え、急に腹のなかに怒りが湧いた。

「でも、もういいの。相手にしないし、顔をあわせてもすぐ逃げるようにしますから」

「よく会うのかい」

「よくは会わないけど、ときどき道ですれ違ったりはします」

「あのあとは会っていないんだね」

お弓は首を横に振って、会っていないといった。

五

ほんとうはもう少しお弓といっしょにいたかった。いろんな話をしたかった。だけど、どんな話をすればよいのかわからなかった。

慎之介はとりあえず前以て聞こうと決めていたことを、聞くだけでお弓と別れた。それでもお弓に後ろ髪を引かれていたし、何度か立ち止まって中島屋を振り返り、お弓がいまにも店先にあらわれるのではないかと、胸を高鳴らせたが、そんなことはなかった。

お弓は仙吉の住んでいる長屋を、はっきりとは知らなかったが、ぼんやりあの辺りだろうと見当をつけた。

慎之介はその言葉を頼りに、仙吉の長屋を探した。その長屋は麴町十三丁目にあった。甲州道から横町に入って最初の木戸口をくぐると、そこが仙吉の長屋だった。南北を商家の建物に囲まれていて、東側にも別の建物があった。袋小路になっているせいか、熱気が長屋全体にこもっていた。風の通りも悪いので、どぶの臭いがひどかった。

初老の女が井戸端で洗濯をしていたので、仙吉を知らないかと訊ねると、

「さっき顔を見たけど、家にいないんなら、どっかその辺に遊びに行ったんだろう」

女は慎之介の身なりを眺めて、あんた仙吉の友達かいと訝しそうな顔をした。

「ちょっとした知りあいです。家はどこです？」

女はしわくちゃの顔に流れる汗をぬぐって、三軒目がそうだといった。しかし、戸は閉まっており、声をかけても返事はなかった。

慎之介は長屋を出て探すことにした。どうせこの前の仲間と、どこかで遊んでいるはずだ。それも遠くではないだろうと思って、日盛りの道を歩いた。

往還を大木戸のそばまで行って引き返した。高く昇った日は、容赦なく照りつけてくる。いつも見かける行商人の姿が少ない。誰もが頬被りをしたり、笠を被っていた。裕福そうなおかみたちは、日傘を差して歩いている。

四谷伝馬町一丁目を左へ折れ、大横町に入ったところで、慎之介は仙吉を見つけた。二人の仲間と、古着屋の軒下で西瓜を食べていた。

ひとりが慎之介に気づき、仙吉の袖を引いて注意を促した。

「ちょっと訊ねたいことがある」

慎之介はすたすたと近づいて声をかけた。

「なんでえ？」

仙吉は西瓜の種をぷっと飛ばしてにらんできた。他の仲間も慎之介をにらむように見ている。敵意が感じられ、警戒心を働かせているのもわかった。

「わたしは一昨日の夜、闇討ちにあって、体のあちこちを怪我した。いまも痣が残っている」

「へえ、そりゃお気の毒に……」

仙吉はまた西瓜の種を足許に吐いた。他の二人はへらついた笑いをしているが、目には敵意を浮かべていた。

「まさか、おまえたちの仕業だったんじゃないだろうな」

慎之介は目に力を入れて、三人を順繰りに眺めた。

三人とも慎之介より体が大きかった。

「ふざけたことというと、侍の子でも承知しねえぜ」

「なんの証拠があっておれたちを疑うんだ」

一番体の大きな色の黒い男だった。

「おうおう、証拠を出してみな」

にきび面が立ち上がった。慎之介より二寸（約六センチ）は背が高いから、上からにらみつけてくる。

「証拠はない。たしかめただけだ。それじゃ、一昨日の夜、暮れ六つ（午後六時）近くにどこにいたか教えてくれないか」

慎之介が三人を順繰りに眺めると、三人は互いの顔を見合わせた。

「そんなこたァこっちの勝手だろうが、てめえにとやかくいわれたかねえや。バーカ」

仙吉だった。団栗目（どんぐりめ）を剝（む）いて小馬鹿にした。

慎之介は拳をにぎりしめて、唇を嚙んだ。

「では、いっておく。もしおまえたちの仕業だとわかったら、承知しない」

「承知しないって、どうする気だ？」

仙吉だった。

「たっぷりお返しをするということだ」

「そんな根性があるのかい。なあ道助（みちすけ）、何かいってやれ」

仙吉は色の黒い子を唆（そその）かした。道助というらしい。

「おもしれえ。おれはいつだって相手してやるぜ。それとも、良太（りょうた）おまえが相手するか？」

良太というのはにきび面だった。

「かまわねえとも。いまからでもいいぜ」

良太は両手を揉んで、ポキポキと指を鳴らした。

慎之介は小馬鹿にされてますます腹が立ってきたが、ぐっとその怒りを抑え込んだ。

「それからもうひとつ、中島屋のお弓にひどいことをいったらしいな」

「何いってやがる。あの女が妙なことというからだ。何でえ、おめえはお弓とひょっとして……ああ、そういうことだったのかい」

仙吉にからかうような目で見られた慎之介は、顔を赤くした。

「へえ、赤くなってやがる。おい、この侍の子はお弓に気があるらしいぜ。それとも、もう何かしたのか。お弓はあれで、いいケツしているしな」

「胸もふくらんでるぜ」

良太が言葉を添えて、けっけけけ、と変な笑いをした。

「黙れッ！　おれはお弓のことをこの前知ったばかりだ。おまえたちが腹を立てたのもわからなくはないが、小突いたり、髪を引っ張ったりしたのは許せぬ。今後あのようなことがあったら、おれが許さぬ」

「へえ、どういうふうにだ。こういうふうにか……」

良太がいきなり腹を打ってきた。虚をつかれた慎之介は、うっと呻き、脇差の柄に手をかけた。すると、仙吉と道助が同時に立ち上がり、慎之介を見下ろしてきた。

「喧嘩なら買うぜ。侍の子だろうがなんだろうが関係ねえさ。やるか……」

仙吉が団栗目を光らせる。

慎之介は三人を毅然とにらみ返した。にらみ返しながら葛藤した。殴りかかってもよいが、数で負ける。だけど、おとなしく負けるつもりもない。しかし、無駄な喧嘩はしてはならないと道場できつくいわれている。

「いじめは許さぬ。ただ、それだけだ」

慎之介はそういって三人に背を向けた。

とたん、三人が冷やかすような笑い声をあげた。侍の子供のくせに腰抜けだ、一昨日来やがれ、女たらしの意気地なし……。

慎之介は悔しくてならなかった。そのまま歩き去ることができなくなった。はたと、立ち止まると、にぎりしめた拳をぶるぶる震わせて、三人を振り返った。

仙吉たちはまだ笑っていた。

「舐めるなッ！」

怒鳴り声をあげるなり、慎之介は地を蹴った。

六

慎之介はまずは仙吉につかみかかっていった。だが、すぐに首に腕をまわしてきた道助に投げつけられた。立ち上がろうとしたところを、良太に蹴られた。先日も痛めつけられた太股だった。よろけて地面に両手をつくと、今度はその腕を足で払い蹴られ、顎を地面に打ちつけた。そのせいで唇が切れ、血が滴った。

だが、やられてばかりではなかった。慎之介は前に立つ良太の足にしがみつくと、脹ら脛(ふくらはぎ)にがぶりと嚙みついた。

良太は悲鳴をあげて、慎之介の頭をぽかぽか殴りつけて引き離そうとする。その間に慎之介は脇腹を蹴られて、息ができなくなった。

苦しくて腹を押さえて、地面を転がった。もうそのときはまわりに野次馬が集まってきていて、喧嘩をしている四人は人垣に囲まれていた。

喧嘩を囃し立てる者もいれば、やめろやめろと仲裁に入ろうとする者もいる。

だが、実際止めにくる者はいなかった。

痛みと苦しさを堪(こら)えて立ち上がった慎之介は、仙吉めがけて突っ込んでいった。腰に抱きつき、思いきり後ろに突き倒し、馬乗りになって顎を殴りつけた。だが、反撃はそこまでで、道助に後ろ襟をつかまれ引き倒された。

真上から降りそそぐ真夏の日射しが、まぶしかった。また、脇腹を蹴られて、息が苦しくなった。何度も蹴られてはたまらないので、転がって逃げた。

「この野郎、この前の二の舞になりてェらしい」

唇を切った仙吉が、手の甲で血をぬぐって近づいてきた。

(やはり、こいつらの仕業だったのだ!)

そう思ったとき、慎之介の手が商家の軒下に積んであった薪束にかかった。同時に一本の薪ざっぽうをつかんで立ち上がった。

よろけるように歩いて、殴りかかってきた仙吉の腕を左にかわしながら叩いた。

「痛ぇ!」

仙吉は腕を押さえて片膝立ちになった。

慎之介はここで攻撃の手を緩めてはならないと思い、薪ざっぽうを振りあげた。

仙吉は恐怖したように目を見開き、両腕で頭を庇った。

慎之介は容赦なくその両腕に、薪ざっぽうをたたきつけようとした。だが、それはできなかった。

振りおろそうとした手を、誰かにつかまれたのだ。

「お坊ちゃん、いけません」

腕をつかんだのは小平次だった。強くかぶりを振って、やめるんです、といった。

普段は卑屈なほど腰の低い小平次だが、このときばかりは迫力を感じた。

「どうして、おまえが……」

「いいからやめるのです」

そういって止めた小平次は、仙吉たちを振り返った。何もいわずに三人を、強くにらみ据え、

「おまえたちはさっさと帰れ。でなければ、ただではすまされなくなるぞ」

と、小平次は静かにいったあとで、

「行けッ！」

と、強く命じた。

その声に気圧された仙吉たちは、逃げるように走り去っていった。

喧嘩が終わったことで、野次馬たちも散らばっていった。


「いったいあんな往来で、どうされたんです。喧嘩なんかもってのほかですよ」

小平次は慎之介の汚れた顔を、水に浸した手拭いでふいていた。

慎之介は小平次に、近くにある良覚寺に連れてこられ、そこの手水場（ちょうずば）で簡単な手当を受けているのだった。

「あいつらがこの前わたしに闇討ちをかけ、袋叩きにしやがったんだ」

「ほんとですか……」

小平次は驚いたように目をみはった。

「ああ、さっきの喧嘩は、あまりにもわたしを侮辱するから我慢ならずに手を出したのだけど、喧嘩の最中に仙吉というやつがぽろっと白状したんだ」

「そうとわかれば、黙っているわけにはいきませんね」

「もちろんだ」

「しかしお坊ちゃん、軽率なことをしてはなりません。ここは一度旦那さんにご相談すべきです」

「………」

「旦那さんも、そうおっしゃったはずです」

「父上にはちゃんと話す。そのつもりだ。だけど、父上だけにまかせておくわけにはいかない。それにこれは子供同士の喧嘩なんだから……」

「ただの喧嘩ではありません。相手は町人ではありません。早まったことをすれば、家名に傷がつくかもしれません」

「だから余計に腹が立つんだ。町人に舐められて、おとなしく引っ込んではいられないだろう」

「お気持ちはわかりますが、そこを堪えて、一度旦那さんに相談してください。これは小平次からのお願いです。頼みます」

猿のようにしわ深い小平次の顔は、真剣そのものだった。その目に涙を浮かべて、頼みます堪えてくれといって頭を下げた。

「わたしとて、お坊ちゃんのことを思えば悔しくてたまらないのです。ですが、早まったことをしてはいけません。わかりますね」

「ああ、わかった」

慎之介はため息をつきながら答えた。

「他にお怪我はありませんか？」

小平次は親身になって心配してくれる。

「あちこち蹴られたけど、大したことはない」

「唇の血が止まるまで、ここで休んでいきましょう。この喧嘩はいずれ知れるでしょうが、ご新造さんとお嬢さんには隠しておきましょう」

「……」

「ご新造さんは心配性ですからね」

「しかし、こんなに着物が汚れて、破れてもいる」

「何とかしましょう。とにかく、もうしばらくここで暇をつぶしましょう」

小平次はそういって、もう一度慎之介の唇の傷を、手拭いで押さえた。

七

「それで慎之介はいまどこに？」

下城の途中で、徳右衛門は小平次から慎之介の喧嘩の件を聞いたところだった。

「ご新造さんにはうまく隠すことができましたが、お坊ちゃんは血の気の多い年ごろです。それに相手は麹町に住んでいる子たちですから、またいつ顔を合わせるかわかりません」

「うむ……」

徳右衛門は、慎之介が袋叩きにあったときから放っておけないと思っていたが、これはいよいよ手を打たなければならないと、遠くに視線を飛ばした。

そのとき、ぱらぱらと降ってきた雨が、乾いた地面に音を立てて黒いしみを広げた。いきなりの天気雨だった。

徳右衛門と小平次は、長島藩増山家上屋敷の門下に一時避難して、雨宿りをした。

「天気雨だ。すぐにやむ」

徳右衛門がそういうそばから、雨が小降りになってきた。

「小平次、雨がやんだら……いや、やはり一度家に帰ってから、慎之介と出直そう」

「すると、相手の子たちと話をされるんで……」

「できれば親と話をしたい。これは躾(しつけ)の問題である」

「ははあ」

雨はすぐにやみ、二人は家路を急いだ。自宅組屋敷のそばまで来たとき、東の空にくっきりとした虹が見えた。

「慎之介、小平次から話は聞いた。それでわたしに考えがある」

徳右衛門は家に帰るなり、慎之介にそういってつづけた。

「着替えをしたら、その仙吉という子の家に案内するのだ」

慎之介は、はっと顔をこわばらせた。

「心配するな。怒鳴り込みに行くわけではない。ところで、志乃と蓮はどこへ行ってるのだ？」

「生花の稽古です」

「それならちょうどいい。うるさいのがいないうちに用事をすませよう」

徳右衛門は楽な着流し姿になると、慎之介を伴って家を出た。仙吉の住む長屋に着くまで、改めて慎之介から話を聞いた。

親だから贔屓目(ひいき)に受け取ってしまうが、双方に問題があるのはたしかだ。それに喧嘩を認めるわけにはいかない。

夕七つを過ぎているので、仕事帰りの職人の姿が目立つようになっている。大工や左官は早仕舞いをしたようだ。さっきの天気雨のせいかもしれない。

「ここです」

慎之介は長屋の木戸口で立ち止まっていった。仙吉が住む長屋の前だった。

真ん中を走るどぶ板を挟んで、両側に各家の戸口がある。開いている戸もあれば、閉まっている戸もあり、奥の井戸端で三人のおかみたちが米を研いだり、青菜を切ったりしていた。

「おまえはここで待っておれ」

徳右衛門は木戸口に慎之介を待たせて、仙吉の家に向かった。裏店に侍が来たのがめずらしいのか、長屋の連中が見てきたが、すぐに興味をなくしたらしく、それぞれのことに戻った。

「てやんで、小言ばかりいいやがって……」

「仕事もしねえで酒ばっかり飲んでるからだよ。小言のひとつもいいたくなるのはあたりまえだろ」

「仕事はやるときやってるじゃねえか」

徳右衛門は仙吉の家の前で足を止めた。家のなかから、そんな夫婦のやりとりが聞こえてきたからだった。腰高障子は半分開いているが、その位置からでは、夫婦の顔は見えなかった。

「へん、今月は何日仕事に出たのさ。先月はどうだった。指折って数えて教えとくれよ。あんたのせいであたしゃ朝から晩まで働きづめで、くたくただよ。そんな女房に、ああしろこうしろって、うるさくいうのはどっちだい。悔しかったら亭主らしく、父親らしく稼いでこいってんだ」

「うるせー！」

怒鳴り声がして、瀬戸物の壊れる音がした。

（こりゃ困った）

徳右衛門は夫婦喧嘩の仲裁に入るべきかどうか躊躇った。長屋の連中を見ると、慣れているらしく、またはじまったという顔つきで、興味も示さない。その間、夫婦は互いに罵り合っていた。

夫には夫の、女房には女房のいい分があるようだが、お互い頭に血を上らせているので、ただの罵りあいでしかない。

どうしようか躊躇っていた徳右衛門は、仲裁に入ることにした。

「ごめん」

といって、戸口に立つと、血相変えていた夫婦がぽかんとした顔で見てきた。亭主のほうは諸肌を脱いで、茶碗酒を膝許に置いていた。女房のほうは、怒りで顔を真っ赤にしている。よく肥えた女で、手拭いを姉さん被りにしていた。

「わたしは浜野徳右衛門と申す者だ。こちらには仙吉という子がいるな」

「へえ、仙吉でしたらうちの子ですが……あの子が何かやらかしましたか……」

不安そうな顔でいうのは、女房のほうだった。

「じつはうちの子と喧嘩をして、いまも揉めているようなのだ」

「まさか怪我でもさせたんじゃないでしょうね」

女房は手拭いを頭から剝ぎ取って、心配げな顔で見てくる。

「子供同士の喧嘩だから、見て見ぬふりもできるのだが、侍の子と町人の子のことなので、ここはうまく……」

「てやんで、お侍、浜野さんとおっしゃるようだが、ガキの喧嘩に親が出てきて恥ずかしくねえのかい。あんた侍なんだろう」

「あんた。よしな」

女房が亭主を取りなそうとするが聞きはしない。

「子供は子供同士で始末をつける。それが世間の相場ってもんだ。親が出しゃばるようなことじゃねえ」

「たしかにそうだろうが、ちょっと度が過ぎるのではないかと思ったので、伺ったまでだ。聞いたところ、うちの子に……」

「お侍、えらそうな説教だったらたくさんだぜ！」

亭主は茶碗酒をぐびりと飲んで、それを土間に投げつけた。茶碗は音を立てて割れたが、そのそばには割れた皿もあった。

「あんた、やめなよ。相手はお侍だよ」

女房は必死になって亭主を宥めようとするが、

「なにが侍だ。侍だからって勝手に威張られたんじゃ、道理がとおらねえ。ああ、たしかにおりゃあ町人だ。しがねえ職人さ。だけどよ、職人にゃ、職人の意地ってもんがある」

亭主は、ばんと、片膝を立てて徳右衛門をにらんだ。

「そういわれてしまうと、どうにも話ができない。わたしにも武士の一分がある。だが、落ち着け。わたしは喧嘩をしに来たのではない。説教をしに来たのでもない」

「だったら何だい。はっきりといってもらおうじゃねえか！」

「では、いわせてもらう」

徳右衛門は敷居をまたぎ、三和土に入った。

「人の子の親として、話をしに来た。わたしはひとりの人間だ。そして、そなたもひとりの人間だ。上も下もない。同じ人間同士である」

「なにッ……」

「先日、うちの子が怪我をして帰ってきた。話を聞けば、何者かに闇討ちをかけられ袋叩きにあったという。そんな目にあうことに心あたりはないかと問うと、まる一日ほどたってから、ぼんやりわかったという。しかし、たしかな証拠があるわけではないから、様子を見ていた。ところが、今日、うちの倅が貴公の倅たちと派手な喧嘩をやったらしい。そのとき、貴公の倅仙吉が、先日の一件は自分たちの仕業だったということを白状したという」

「なんですって……」

女房が驚いて目をまるくした。

「喧嘩のもとは仙吉らが、お弓という伝馬町にある中島屋の娘をいじめていたからだった。うちの倅が偶然通りがかって、止めに入ったのだ。どうやら、仙吉はそのことが気に食わなかったらしく、うちの倅を待ち伏せして襲ったのだ」

「そりゃ、とんでもねえことを……」

亭主はさっきの威勢をなくし、肩をすぼめた。

「しかし、仙吉たちがお弓をいじめるのにも、それなりの理由があった」

「どんなことで……」

「仙吉たちは、中島屋は吝嗇(けち)で、がめつい商売をしているとか、中島屋のおかみが女郎あがりだとかいったそうだ。それで、お弓はそんなひどいことをいうんだったら、掛けをちゃんと払うようにといったそうだ。そのことで仙吉たちは、自分たちが馬鹿にされた、あるいは貧乏人の倅だと、見下されたと思い、さらに腹を立てお弓に手を出したらしい」

「女に手を出したですって……」

「子供だからつい手が出たのだろう。だが、問題はそこではない。子供に罪はない。罪があるとすれば、その子を育てる親に責任があると思うのだ。今日の昼間、うちの倅は、仙吉らに喧嘩を売ったようだ。当人は、売られたから買ったといっているが、喧嘩両成敗。どちらにも非はある。だから、そのことについてはとやかくはいわぬ」

「でしたら、何を……」

亭主は目をぱちくりさせる。

「わたしは何より家族を大事にしている。また、家族あっての自分だと思っている。そういう男である。お役目も家族の幸せのためだと思えば、苦しいことも苦しくなくなる。そして、子は何より大事な宝だ。それは貴公も同じのはず」

「はぁ、まあ……」

亭主は惚けた顔でうなずく。

「子供にとって、何が大切かといえば、親である。親あっての子である。そうであるな」

「はは、たしかに……」

「子の躾を怠れば、それは親に返ってくる。往々にしてそういうことがありがちだ。よく考えて、また世間を見わたせばわかるはずだ。亭主、仙吉のことは大切であろう」

「そりゃあ、倅ですからね」

「だったら親がしっかりしなければならぬ」

「そうだよあんた」

女房が口を挟むと、

「うるせえ。おめえは黙ってろ」

と、亭主が遮った。

「こうなったのは子供の喧嘩に端を発しているわけだが、わたしもうちの子に、しっかりいって聞かせるので、貴公もそうお願いできまいか」

「そりゃあまァ……へえ、そうですね」

「うちの倅には、此度のことはすべて水に流すようにいう。それで落着にする。では、よろしく頼む」

亭主ははははあと、頭を下げたが、すぐに徳右衛門を引き止めた。

「浜野さん。さっき上も下もない、同じ人間同士だとおっしゃいましたね。ほんとにそう思っているんですか？」

「そうだ。そんなことを思ってはならぬか？」

「いえ、でもあっしは左官職人ですぜ。お武家とは身分がちがう。やっぱりお武家のほうがえらいんですよ」

「そんなことはない。わたしは家柄や血筋のちがいはあるにせよ、人はみな平等だと思っている」

「平等……」

「偉い偉くないは、その人それぞれで決めればよいことだ。亭主、名はなんと申す？」

「へえ、竹造と申しやす」

「竹造、仙吉の躾を頼む。そして、女房子供を大切にし、貧しくても慎ましい幸せな家庭を築いてくれ。いや、これは余計なことであるな」

「とんでもございやせん。いや、これは失礼いたしやした」

竹造は居住まいを正した。女房もかしこまっているだけでなく、なぜか目に涙をためている。

「あっしはお侍に、そんなことといわれたのは初めてです。上も下もない、同じ人間だと。なんて嬉しい言葉じゃありませんか」

竹造はぐすっと洟をすすって、徳右衛門にまっすぐな目を向けた。その目が潤んでいる。

徳右衛門にはどうしてそんなに感激しているのかわからない。

「正直に申しやすと、あっしは腐っていやした。それも仕事がうまくいかねえ、いえ、仕事の腕じゃ他人に負けねえと思ってるんですが、あっしと仲のいい野郎が親方株をもらって出世しやしてね。何だか先を越された気がして、悔しいやら羨ましいやらで、面白くなく、酒をかっくらっては仙吉をどやしつけたり、殴ったりするようになりました。それでやつがぐれて、町をうろついていたのは知っていたんです。まあ、子供は元気のあるほうがいいと、多少のことには目をつぶっていたんですが、今日は目が覚めた思いです。あっしは明日から真面目に働き、親子三人仲良く、そしてほんの少しでもいいから、女房と倅に幸せを味わわせてやりたいと思います」

「あんたほんとだよ」

女房が前垂れで嬉し涙をぬぐえば、亭主は目に浮かぶ涙を腕でしごいた。まさかこんなことになるとは思っていなかったので、徳右衛門は虚をつかれた思いである。

「浜野様、ありがとうございやした。あっしはすっかり目が覚めやした。人の出世など羨ましがらずに、明日からしっかりやるべきことをやるようにいたしやす」

竹造はそのまま平伏した。

「まあ、それはよいことだ。では、わたしはここで……」

徳右衛門はそのまま竹造の家を出たのだが、すぐそこに慎之介と仙吉が立っていた。

そして、仙吉は声を殺してすすり泣いていた。

「わたしの父だ。父上、これが仙吉です」

慎之介が徳右衛門を紹介すると、

「ありがとうございます」

仙吉は丁寧に頭を下げた。

「ああ、まあ、礼などいいのだ。では……」

徳右衛門と慎之介はそのまま長屋を出た。

「なぜ、あそこにいた？」

表道に出てから、徳右衛門は訊ねた。

「木戸口でわたしが待っていると、仙吉がやって来たんです。何をしに来たというんで、父上がおまえの親に会っているというと、自分の家に駆けだしたんで、わたしが待てといって止めたんです。すると、父上と仙吉の親のやり取りが聞こえてきまして、そのまま立ち聞きする按配になったんですが、どういうわけか仙吉が涙をこぼしはじめまして……」

「なるほど、そういうことか」

「何がそういうことなのです？」

「うん、まあ何といえばいいのかよくわからぬが、親子がようやくわかり合えたということだろう」

「ふーん……でも、わたしも少し感心しました」

「何をだ？」

「仙吉の父親は、こういいました。明日から真面目に働いて、親子三人仲良く、そしてほんの少しでもいいから、女房と倅に幸せを味わわせてやるって……。そんなふうに言わせた父上を、わたしは尊敬いたします」

「何をいうか……でも、仙吉たちに恨みを持ってはならぬぞ」

「何だか、さっきのことでそれはどうでもよくなりました」

「そうか、よしよし」

徳右衛門は慎之介の頭を何度も撫でてやった。

それから、竹造のいった言葉を思いだした。

——あっしと仲のいい野郎が親方株をもらって出世しやしてね。何だか先を越された気がして、悔しいやら羨ましいやらで、面白くなく、酒をかっくらっては……。

出世をしたいと思う気持ちは、職人も幕府役人も同じなのだと思い知らされた。

そして、徳右衛門は自分でも答えを出すことはできないが、出世をしたいという気持ちの前に、もっと大切なことがあるのではないかと思った。

（それはなんだろう……）

「父上、なにを考えているのです」

「何って……別に……とにかく何だかまるく収まったような気がしてな」

「そういわれると、そうですね」

「うむ、やれやれだな」

徳右衛門は微笑みを慎之介に向けると、もう一度頭を撫でてやった。

「ああ父上、髷(まげ)が乱れてしまいます」

第四章　償い

一

組屋敷のすぐそばに、法光寺がある。近いせいか、ときどき組屋敷に住まう与力と同心の妻たちが寄合所に使ったりする寺だ。

いつ誰がそんなことをはじめたのかわからないが、志乃にとっては憂鬱このうえない時間である。寄合といっても、とくに何か議題があるわけではない。ようは日ごろの憂さを晴らすべく、おしゃべりを楽しむだけなのだ。しかし、志乃はその時間をもったいないと思う。

家にいれば、やるべきことがたくさんある。かといって近所付き合いを怠れば、何をいわれるかわからないし、悪い噂を流されかねない。

注意しなければならないのが、沢田喜代(さわだきよ)である。気位が高く、誰に対しても上から見下すようなものいいをする。

　また自分を高く評価してもらいたいらしく、言葉遣いや所作、着物の見立てなどと、あらゆる努力をするのだが、それがかえって逆効果となって、人の鼻についている。しかし、本人はそのことにまったく気づかずに、我が道を突き進むのである。

　今日の寄合も、喜代の提案で急遽決まったのだが、寺の住職がやって来て、

「これこれ、その辺でおしゃべりをやめて、今日はわたしの話でも聞いてもらいましょうか。たまにはそんなこともいいのではありませんかね」

　と、集まっている細君たちを眺めた。

　真っ先に口を開いたのは喜代だった。

「そうですわね。ご住職のお説教を聞くのも、今後のためになりますわよ。ぜひ、お話を伺いたいものですねえ。皆さん、いかがでしょうか」

　と、憎たらしい愛想笑いを浮かべて、志乃たちを見た。

「わたしもたまには、ご住職のお話を聞きたいと思っていたのです」

　誰かがそんなことを口にしたので、そのまま住職の説教を聞くことになった。

　ところが、この説教がくせものだった。やけに長たらしくて、面白くも何とも

ないのである。それに、住職はそれが癖なのか、話の合間合間に「あーそれがですね」とか「それでこうなったわけで、まあそのことはこっちに置いておいて」などと、わけのわからないことをいって、それからまた別の話になるという始末で、話の焦点がぼけているのである。

集まっている細君たちは、最初は真剣な顔で聞いていたが、そのうち欠伸(あくび)を噛み殺したり、上の瞼(まぶた)と下の瞼がくっつきそうになるのを我慢しなければならなかった。

志乃は何度か居眠りをしそうになったので、そのたびに自分の腕をつねったりした。隣に座っている米沢静(よねざわしず)も、舟を漕ぎそうになっていた。

「あのご住職いったい何を教えたかったのかしら？」

寺をあとにしながら不平そうな顔をしていうのは、喜代だった。

「誰かおわかりになりまして……」

そういって喜代はみんなの顔を眺める。

「わたしは頭が鈍いから、さっぱりわかりませんでした。でも、沢田様は、わたしよりうんとおわかりになったんじゃないかしら」

おっとりした口調でいうのは、小松原美津だった。憎めない人柄で、口調にも

刺を感じないから、喜代は少し困ったような顔をして、

「ええ、まあ難しいお話でしたからね。要するに人を信じてあげなさい、それがいずれは自分に返ってくるということじゃないかしら」

と、いった。

「ああ、そういうことだったのですね。やっとわかりました。さすが沢田様は優秀なのですねえ」

「いえ、そんなことはありませんわ」

喜代は、おホホと笑い、遅くなりましたので先に帰りますといって、先の辻でみんなと別れた。

「美津さんは、得な人柄で羨ましいわ」

静がそういって羨ましそうな顔をする。

「なぜです？」

「だって、喜代さんにチクチクしたことをいっても、不快がられないんだもの。いまだって、少しは嫌みを含んだいい方をされたでしょう」

「あれ、わかりましたか」

美津はひょいと首をすくめて、ちろっと舌を出して笑った。そのことがおかし

くて、志乃も静といっしょになって笑った。

「何だか、肩の力がふうっと抜けるんですよね。喜代さんと別れたあとは……」

静がそんなことをいう。

「それはわたしも同じです」

志乃が同意すると、

「みんな同じことをお感じになっているんですねぇ」

と、美津も言葉を添えた。

志乃はこの三人だけの集まりならいつでも歓迎だと内心で思うが、口にするのは控えた。それが波風を立てない秘訣なのである。

先に美津が帰っていったので、志乃は静と二人だけになった。静は、徳右衛門とはちがう組の与力米沢久太郎(きゅうたろう)の妻だ。年は四十五だから、志乃より一回り以上上である。

「まっすぐお帰りになりますか？　よかったら麦湯でも飲んでいきません」

静が聞いてくる。

「そうですね。急ぎの用はないので、そうしましょうか」

志乃は誘いに乗って、静といっしょに市谷片町にある茶屋に行った。

空には夏の雲が浮かび、蟬の声が広がっている。庇に吊してある風鈴が、ちりん、ちりんと鳴っていた。

「喜代さんも調子がよくって……」

静はそういって、くすっと笑った。

「何がでしょう？」

「あの人、法光寺の住職のことを、生臭坊主だと陰で貶しているんですよ。生臭だから、わたしたちのような妻の集まりには、寛容だとおっしゃるの。実際、住職はあっさりわたしたちに座敷を貸してくださっているんですけど……」

「………」

「人の使い方がうまいのね」

「そうでしょうか……」

志乃の言葉に静が顔を向けてきた。

「ほんとうに使い方がうまければ、わたしたちは無理をしなくていいと思います。もっと気持ちよく寄合に出られると思うんです」

「……そういわれればそうだわね」

「喜代さんは無理な背伸びをされているから、ほんとうは苦しいんじゃないかしら。わたし、ときどきそんなことを思うんです」

「たしかにそうかもしれないわね。もっと自然になさればいいのよね。美津さんみたいにおっとりとね」

「はい、わたしもそう思います」

志乃は麦湯に口をつけて、目の前の通りを眺めた。店の前はなだらかな坂となっている。坂上から定斎売りがやって来た。定斎売りが歩くたびに、担いでいる簞笥の鐶がカタンカタンとひびくように鳴る。

「薬屋さんも大変ね。笠も被らずに……」

静が定斎売りを見送りながらつぶやいた。それからはたと気づいたように、志乃に顔を向けた。

「ちょっと気になることがあるの」

「なんでしょう?」

「たしか志乃さんのご主人の下役だと思うんですけど、亀井という同心をご存じかしら」

志乃は少し考えて、

「多分あの人だと思うんですけど、はっきりとはわかりません。亀井さんがどうかされました?」

と、目をしばたたいた。

「家を貸すだけならまだしも、亀井さんの奥さん、どうも働きに出てるようなの。それも夜の花街に……」

「花街……」

志乃は目をみはった。

同心の妻が働きに出ることはまずない。それも幕府役人の妻である。

「まあ、花街といっても鮫ヶ橋の料理屋さんなんだけど、ちょっとどうかしらと思うの。いえ、わたしの見まちがいだったら亀井さんに申しわけないんだけど、そのことご主人の耳に入れてもらったほうがいいような気がするのよ」

二

「なに、亀井の妻女が……」

帰宅した徳右衛門は、着替えを手伝う志乃から話を聞いて驚いた。

「それはまことに亀井の妻女なのだろうか……」

徳右衛門はきゅっと帯を締めて、志乃を見た。

「お静さんは、自分の見まちがいかもしれないともおっしゃいました」

「ふむ」

徳右衛門は聞き捨てならないことだと思い、これは急いで調べてみようと思った。

「話はわかった。茶をくれるか」

「ただいま」

徳右衛門は風の通りがよい座敷に移り、扇子を開いてあおいだ。日が落ちるまでは、まだ十分時間がある。

庭は午後の日射しに溢れ、蟬の声が激しい。

「このこと、しばらく誰にもいわずにいてくれるか。それから、お静殿は、ご亭主の久太郎さんにこのことを話されているのだろうか」

徳右衛門は茶を持ってきた志乃に真顔を向けた。

「さあ、それはどうでしょうか」

「聞いていないのだな」

「はい」

「そうか。あとで話を聞きに行ってみよう」

静の家はすぐそばである。夫の米沢久太郎は、ちがう組の与力だが、徳右衛門とは気心の知れた仲である。

茶を飲んで家を出ると、そのまま米沢久太郎の家を訪ねた。門を入ってまっすぐ行った家が久太郎宅であるが、庭の右隅に別棟が建っている。これは貸家である。

与力や同心は自宅屋敷に別棟を建て、貸家にすることがある。本来は許されないことだが、お上もこれには目をつぶっている。

「おお、徳さんか、こっちへこっちへ」

玄関に立ち声をかけようとしたら、先に久太郎が気づいて手招きした。

「いま帰ってきたばかりだ。遠慮はいらぬ」

久太郎は浴衣姿になって、脇の下を手拭いで拭いていた。おーい、麦湯を持ってこいと奥に声をかける。

雇っている女中がすぐにと返事をすれば、久太郎は、

「何かあったか？」

と、徳右衛門の前に座って聞いてくる。

「さっき、妻から聞いたのですが、亀井一蔵のことです」

「ああ、あのことか、うちのが見たとか似ているとか、そういう話をしておった」

やはり久太郎は知っていたのだ。

「そのこと他に話されていないでしょうね」

「するものか。この目で見たわけじゃないからな」

「では、お内儀にも他言されないようにいってもらえますか」

「もうとっくにいってあるわい。おお、これへこれへ。気が利くではないか」

久太郎は茶を運んできた女中を褒める。

女中が大盆に西瓜を添えていたからだ。

「さあ、やろう。井戸で冷やしていたので、うまいはずだ」

久太郎は西瓜にかぶりついた。

徳右衛門も「遠慮なく」と断ってから、西瓜を手にした。

「しかし、妻女が働きに出ているのがほんとうだとすれば、黙って見ぬふりはできぬな」

「そうなのです。それに、妻女が働きに出るにはよほどの理由があるはずです。

亀井は米沢さんと同じように、屋敷内に別棟を建てて人に貸しています。それに子供はまだいないので、生計が苦しいとは思えないのですが……」

「そうだな。あれが嫁をもらったのはいつだったかな？」

「まだ一年もたっていないはずです」

「ふむ、もしうちの嫁が見たのがまことなら、これはちょっと問題であるな」

「だから、気になるのです」

徳右衛門は西瓜を盆に置いて、手拭いで口をぬぐった。

「あやつは徳さんの配下だからじっとはしておれぬな」

「さようです。これから様子を見に行ってきますが、真相がわかるまで構えて他言無用に願います」

「わかっておる、わかっておる」

米沢久太郎の家を出た徳右衛門は、そのまま亀井一蔵の屋敷に向かった。組屋敷地は蟬の声に包まれている。屋敷地に植えられている欅や椎の高木が、日射しを遮り、道に木漏れ日を落としていた。

亀井一蔵は家にいた。開け放しの玄関に立つと、座敷の隅に座っていた一蔵と目があった。一蔵は驚いたような顔をした。まるでいたずらを見つけられた子供のように、手許にあった物を慌てて後ろに隠したが、隠しきれるものではない。

「やあ、暑いな。そこまで来たので、ちょっと寄ってみたのだ。邪魔をしてよいか」

徳右衛門はさりげなくいって敷居をまたいだ。

「はは、どうぞ。いま急いで片づけますので……」

「気にせずともよい。ここでよい、ここで。長居はできぬのでな」

徳右衛門は上がり框に腰をおろした。

「いまお茶を淹れます。妻は出かけておりまして……」

一蔵の慌てぶりは相当なものだった。内職の道具や品物をあたふたと障子の向こうに隠すようにして、台所に向かおうとした。

「内職か……」

立ち上がった一蔵が、はっとした顔を振り向けてきた。

「何も隠すことはない。内職をしている者はめずらしくない。何を作っていた？」

「あ、はい。その、玩具です」

「ほう、それは楽しそうだな。どんな物だ。見せてくれぬか」

一蔵は障子の向こうに隠した玩具と徳右衛門を交互に見、

「飛び人形です」

と、あきらめたようにいった。

見せろというと、気乗りしない顔で、作った玩具を見せてくれた。

竹編の上に蛙を模した人形が接着されている。凹んだところに紐を巻いてあり、木片がつけられている。その木片を数回捻ると、発条の作用で人形が飛び上がるという絡繰りだ。

「器用だな」

「いえ、それほどでも……」

一蔵は額の汗をぬぐった。

「ところで、妻女は出かけているといったが、どこへ行った？　いや、ちょいと気になることを小耳に挟んだのだ。まちがいであればよいのだが、教えてくれぬか」

徳右衛門は一蔵をまっすぐ見た。二十五歳にしては童顔である。

「近所です」

「すぐ帰ってくるのか？」

「あの、気になることを耳にされたというのは……」

一蔵は不安そうな顔を向けてくる。

「なんでも鮫ヶ橋の料理屋に出入りしていると、そう聞いたのだ。ひょっとして働きに出ているのではないか」

一蔵は腰を落として、そのまま正座をした。

「はい、さようです」

徳右衛門は眉間にしわを作った。

「貸家もやっているし、おぬしは内職もしている。子供もおらぬのに生計が苦しいのだろうか？　妻女を料理屋に働きに出すというのは、いかがなものかな」

「………」

「おぬしは幕府の役人である。内職はよいとしても……いや、嫁を働かせてはだめだというのではない。気になるのは料理屋で働くということだ」

「………」

一蔵は困ったように唇を噛み、逡巡していた。

庭から飛んできた蝉が、障子に張りつき、短く鳴いて、また表に飛んでいった。

「じつは、わけがありまして、どうしても金を作らなければならないのです」

「話してくれるか」

三

一蔵の妻つやは町人の子だった。父親は大工で、母親は近所の小料理屋の手伝いをしていた。しかし、つやは酒好きで気の荒い父親に、幼いころから悩まされていた。

何かと怒鳴り声をあげ、母親に暴力をふるい、近所の者が止めにくると、食ってかかるという始末の悪い父親だった。

「その父親はつやが十になるかならないときに、ぽっくり死んでしまうんです。それで母親がつやを育てるために、必死に働くのですが、ある日突然、行方がわからなくなったそうなんです」

「それじゃつや殿はひとりになったと……」

「はい、それが十二のときでした。両親をなくしたつやを引き取ったのは親戚の叔父です。その叔父につやは面倒を見てもらうようになったのですが、ある日、行方知れずになった母親のことを教えてもらうんです」

「叔父に……」

「はい、母親は奉公先の店で知り合った男と駆け落ちをしていたのです。つやはそのことを知って、もう誰も信じられなくなったといいます。生まれてこの方ずっと不幸を背負ってばかりいると、毎日嘆いて過ごしたといいます。さらに十五になると、親戚の家も追いだされます。もう十分面倒は見たのだから、ひとりで生きていけということだったのです。しかし、つやはまたもや見放されたのだと悲観します。生きていてもいいことなんか何もないと、将来を憂い、死んでしまおうかと何度も考えたそうです」

「つや殿とはどうやって知り合ったのだ？」

「知り合ったのは一年半ほど前です。つやは赤坂の料理屋で働いておりまして、その愛想のよさと、小気味よい働きっぷりを気に入り、何度となく通っているうちに」

「心を通い合わせるようになったと……」

「まあ、そうですが、わたしが口説き落としたのです。はじめは戸惑っていたようですが、わたしの熱心さに負けたようです。両親には反対されましたが、こっちもうまく説得して、ささやかな祝言を挙げることができました」

「すると、厄介ごとがそのあとで起きたということか……」

「つやといっしょになって半年後のことです。織部喜三郎という浪人が訪ねてきまして、金の無心をするのです。そのわけは、つやの母親菊が、粗相をして借金をこさえたからでした」

「粗相とは？」

「俵屋という勤め先の店で、高価な骨董を割ってしまったのです。そのために俵屋は弁済を迫ったのですが、その矢先に母親の菊が病に倒れてしまったのです」

「まさか、その母親のために金を作らなければならないというのではないだろうな。つや殿を見捨て、男と逃げた女であろう」

「わたしも同じことを、やって来た織部喜三郎にいいましたが、つやが母親の肩代わりをするといいます」

「つや殿が……」

　徳右衛門は目をしばたたいた。

「自分を捨てたひどい親かもしれないけれど、血を分けてもらった実の親であるし、その親がいなかったら、このわたしに添うこともできなかったと申します。それに病床の母親に無理はさせられないと……」

一蔵は声を詰まらせ、腕で目をしごいた。

「わたしは、そんなやさしいつやの心に胸を打たれました。ひどい仕打ちを受けてきた女なのに。人としての情けは忘れていなかったのです。だから、わたしも力添えをして、二人で弁済しようと、そういうことなのです」

「弁済の金はいかほどだ？」

「五十両です」

「それはまたずいぶんな金高であるな」

「割った骨董の壺は、この世に二つとない代物で、百両でも売れる値打ちがあったそうなのです」

「百両……」

徳右衛門はいったいどんな壺だったのだろうかと思うが、想像できる範疇（はんちゅう）ではなかった。

「しかし、つや殿を働きに出さねばならぬほどなのだろうか。五十両をまさか、一時に返すというのではないだろう」

「月五両の約束で払うことになっているのですが、それには利子がつきます。おまけにつやの母親にかかる薬礼なども必要なのです」

「母親のことは、その織部某という浪人が面倒を見ているのだから、せめて薬礼ぐらいは織部殿が払うべきではないか」

「わたしもそう思ったのですが、織部殿も体を壊しておりまして、それに食い扶持の少ない浪人ですから、いかんともしがたく……」

一蔵はため息をついてうなだれる。

徳右衛門も半ばあきれ顔で、ため息をつくしかない。どうにも理不尽な話で、すんなり納得できないものがある。

「つや殿は母親……菊といったな。その菊殿に会ったのだろうか？」

「一度会っています。母親はこれまでのことを泣いて謝ったそうです。つやは許すつもりはなかったようですが、母親の涙を見て、何もいえなくなり、そして少しでも役に立ってやろうと思ったといいます」

「なんとも人の好い……。いや、その菊という母親は、身勝手過ぎはしないか。他人事ながら腹が立つ話だ」

「浜野様、わたしも同様に腹を立てていたのです。ですが、つやがどうしても、手を差しのべたいと申しますので、わたしとしてもだめだと首を横に振れないのです」

徳右衛門は一蔵の童顔をじっと眺めた。

妻がお人好しなら、この男もお人好しだと思った。しかし、咎めることはできない。徳右衛門はそんな人間が好きなのだ。

座敷がすうっと暗くなった。表に射していた日が翳ったからだ。しかし、庭に日射しが戻ると、座敷もまたもとの明るさに戻った。

「それで、つや殿は鮫ヶ橋のなんという料理屋で働いているのだ？」

鮫ヶ橋は岡場所のある地域でもある。まちがって春をひさぐような店に勤めていたら、とんでもないことになる。それは即、徳右衛門の監督不行届につながってくるし、さらに組頭の体面も悪くなる。放っておけることではない。

「錦水楼という料理茶屋です」

「行ったことはあるのか？」

「店の前まで行ったことはありますが、わたしのような下役が行けるような店ではありません」

「さようか。しかし、とんだ貧乏くじを引いているようで気になって仕方ない。できれば、つや殿には店をやめてもらいたいのだが、どうだろうか……」

「さあ、それはなんとも……」

一蔵は苦渋の色を浮かべる。

「つや殿と相談してくれまいか。それからこのことは、構えて他に漏らしてはならぬ。わたしも知っている者には口止めをしてある」

「はは、お気遣い申しわけございません。店の件はつやが帰ってきましたら、よく話をすることにします」

一蔵は深々と頭を下げた。

四

「何だか腹が立ちますわ」

徳右衛門の話を聞いた志乃の第一声だった。憤慨した顔をしている。

「わたしも亀井の話を聞いている間、煮え切らぬものを感じ、また腹も立った。しかし、当人らが、そうしたいらしいのだ」

「つやさんとおっしゃる奥さんは、騙されているのよ。だって、子供のころからそうだったのでしょう。親に騙され、周囲の人たちに翻弄され、そして勝手に自分を捨てた母親の手助けをしようと……」

「声が大きい」

徳右衛門は遮って、奥の間を気にした。すでに慎之介と蓮は休んでいた。

「しかし、このことが早くわかってよかった。お静さんには礼をいわねばならぬ」

「そんなことより、たしかめるべきではありませんか？」

志乃は気丈な目で見てくる。それから銚子を振る徳右衛門に、お茶にしておけといって、麦湯を差しだした。

「そのつもりだ。明日は錦水楼に行ってみようと思う」

「それもそうでしょうけど、つやさんの母親と、その連れあいのことも調べるべきではありませんか。それにほんとうに俵屋という店があるかどうかもあやしいわ」

「何でもかんでも疑うことはないだろう」

「いいえ、こういうことは、まずは疑ってかかるべきです。そうしないと、とんでもない火傷を負いかねませんからね」

「ま、そうかもしれぬ」

徳右衛門はぼんやり立ち昇る蚊遣りの煙を眺め、扇子であおいで乱した。

翌日の午後、徳右衛門は勤めを終えると、外桜田門を出たところで一蔵を待った。同心は与力より早めに出勤し、遅めに下城するのが暗黙の決まりである。相変わらず夏の日が容赦なく照りつけてくるので、そばの大名家の長塀が作る日陰で待った。

「小平次、頼まれてもらいたいことがある」

「なんでしょう？」

「池之端仲町に俵屋という料理屋があるらしい。そこがどんな店で、ほんとうにあるかどうか調べてもらいたいのだ」

「今日でしょうか？」

「早いほうがいい。これを持って先に帰れ」

徳右衛門は肩衣を撥ね上げるようにして脱ぐと、小平次にわたした。これで麻の小袖と、木綿の袴姿になった。肩衣を着ていると、それなりの威厳が増すが、窮屈さもある。それにこれから町屋に行くのだから、肩衣は邪魔だった。

小平次が先に帰って間もなくして、亀井一蔵が外桜田門を出てきた。

「お待たせいたしました」

一蔵は連れている中間を少し下がらせ、徳右衛門と肩を並べて歩き、先に口を開いた。

「昨日のことですが、妻が帰ってきてからよくよく話をいたしました」

「うむ」

徳右衛門は先を促すように一蔵を見る。

「店をやめなければならないことは納得してくれましたが、すぐにというわけにはまいりません。ただ、今日店に出たら、主に話をするといっています。おそらく三、四日のうちには店をやめると思います」

「そうしたほうがよい。いらぬ噂が立つ前に、こういうことは早々に片づけるにかぎる」

「しかし、わたしどもには借金があります。妻の稼ぎがないと、また返済が先に延びることになります。稼ぐ手立てを考えなければなりません」

「それは致し方なかろう」

冷たいようだが、そういうしかない。もちろん、徳右衛門はそのまま突き放すのではなく、それなりのことは考えていた。

「つや殿は読み書きはどうなのだ？」

「うまくはありません」

「さようか……」

もし手習い指南ができれば、慎之介が通っている九十九の手習所で雇ってもらおうと考えていたのだが、それはできないということだ。

「つや殿は店をやめたらどうするといっている?」

「わたしの役目に迷惑のかからない仕事があるはずだと申しますが、いざとなるとなかなか難しゅうございます」

「つや殿が得意なのはなんだろう……」

「得意なもの。そういわれると、これといって自慢できるようなものはないと思います。しいていえば、料理ぐらいのものです」

「料理か……」

徳右衛門は遠くの空に、ぽっかり浮かんでいる白い雲を眺めた。

「浜野様、ご心配をおかけしているのは重々承知です。妻のことはわたしが何とかしますので、これ以上お気を患わせないでください」

一蔵は立ち止まると、お願いしますといって頭を下げた。

「わたしにできることがあれば、遠慮せずなんでもいってくれ。できるだけ役に立ちたいと思っているのだ」

一蔵はゆっくり顔をあげて、徳右衛門を見た。真一文字に口を引き結び、目に涙を浮かべた。

「ありがたきお言葉、痛み入ります」

「そうかしこまるな。おぬしはわたしの配下なのだ。当然のことである」

「はは……」

それ以降、会話ははずまなかった。

徳右衛門は四谷御門を出たところで、一蔵と別れた。

五

一蔵は自宅屋敷に戻ったところで、はたと足を止めた。柿の木陰に腰をおろして涼んでいた男が、立ち上がったからだ。

つやの母親菊と駆け落ちした織部喜三郎だった。にやりとした笑みを浮かべ、近づいてきた。よれた着物に大小を差しているので、かろうじて侍の体面を保っている。

「お役目ご苦労であるな。話があるので、待っておったのだ」

「わかりました。少しお待ちを……」

一蔵は中間に挟箱を家のなかに運ばせると、雨戸を開けさせ、そのまま帰っていいと指図した。それから寝間に入り、急いで楽な着流しに着替えて、座敷に戻った。

「お上がりください」

声をかけると喜三郎は家のなかに視線をめぐらせてから、座敷に上がってきた。

「つやはもう出かけているのか？　どうもそのようだな。おれが来たときは、すでに雨戸は閉められていたからな」

「お話とは？」

一蔵はまっすぐ喜三郎を見た。

どうせ面倒な話だろうから、早くすませたかった。

「菊の容態がよくないのだ。このままだと死んでしまうかもしれない」

一蔵ははっと目をみはった。

「医者を替えようと思うのだ。いまかかっている医者はどうも藪（やぶ）のようでな。これまでの薬礼は無駄になったようなものだ」

「死にそうとおっしゃいましたが、どのような容態なのです？」

「痩せちまって、飯も喉を通らなくなっている。ときどき瘧にかかったように震えるし、譫言（うわごと）をいうようになった」

「それはまた……」

「ついては金がいる。少し用立ててくれぬか」

「いかほどでしょう？」

「さしずめ五両もあれば助かる。それで医者を替える」

「五両……」

手許にそんな大金はない。

「申しわけありませんが、いますぐにということなら難しゅうございます」

「いくらなら大丈夫だ？」

「三両でしたら……」

何とかなるはずだった。

「いいだろう。三両で何とかしてみる」

「少しお待ちを……」

「足りなかったらまた頼みにくる」

一蔵は寝間に行って、手文庫の金と簞笥の引き出しに入れている金を集めた。断りたいが、断れない。もし、このことで菊が死んだら、つやに何といわれるかわからないし、自分のせいだと呪われるかもしれない。

「三両あります。お持ちください。それで織部さん、あなたの体はどうなのです？　具合が悪そうには見えませんが……」

「ここしばらく調子がいいのだ」

そういってから、わざとらしい咳を二度した。そんな喜三郎を、一蔵は強くにらむように見た。

「こんなことは申したくありませんが、つやの母菊殿の面倒は責任を持ってあなたがみるべきではありませんか」

「そんなことはわかっておる」

「だったらなぜ、わたしどもを頼りにされます。そりゃあ、菊殿がつやを頼っていて、つやもそのことを甘んじて受け入れているからですが、そもそも菊殿と駆け落ちをしたあなたのやるべきことなのです」

「説教かい。だったらやめてくれ。おれだって図々しいことはしたくないのだ。やむにやまれず、恥をしのんで頼みに来ているのだ」

「わたしども夫婦は、あなたの借金の肩代わりをしているのですよ。わかっておられるのですか」

「恩着せがましいことをいうな。いずれ体が元に戻ったら、ちゃんと返してやるさ。それに借金を作ったのはおれではない。菊が作ったのだ」

「同じことです」

「なにッ。……壺を割ったのはおれではない。菊が割ったのだ」

「……」

一蔵は口をつぐんだ。これ以上いっても、この男には通じないと悟った。だが、一言だけ言葉を足した。

「もし、あなたがわたしたちを利用しているだけなら、許しませんよ」

「許さないとは……」

「斬ります」

短い沈黙があった。

喜三郎は小さく首を振って、口の端に笑みを浮かべた。

「恐ろしいことを……。だが、まあわかった。おまえはおれが嘘をいっているかもしれぬと疑っているのだな」

「疑いたくもなります」

「そうか。ま、いいだろう。早く帰らないと菊が可哀相だから、今日はこれで失礼する」

一蔵はその場を動かなかった。

視線を正面の壁に向けたまま、喜三郎が立ち去る気配を感じ取っていた。そしてその気配がすっかりなくなると、急に蟬の声が高くなった。

六

つやは小柄な女だった。

徳右衛門は、亀井一蔵がつやという嫁をもらったのは当然知っていたが、同じ組屋敷に住みながら会う機会を逸していた。

それに、志乃もつやのことをはっきり知らなかった。

「あの人だと思いますけど……」

と、昨夜は自信なさげに首をかしげた。

おそらくつやが控えめでおとなしく、目立たないからよく覚えていないのだろうと、徳右衛門は勝手に想像していた。一蔵からつやの境遇を聞いているから、そう思うのは無理もない。

ところが、実際目にするつやは、愛嬌があり、接客もはきはきしていて小気味よく、人を明るくする雰囲気を持っている。

徳右衛門は日が暮れるまで暇をつぶし、暮れ六つ（午後六時）過ぎに、つやの勤めている錦水楼の暖簾をくぐり、客席に収まっているのだった。

錦水楼は鮫ヶ橋という土地柄にしてはめずらしく高級そうな料理屋で、客に対する奉公人たちの対応もそつがなかった。

客席はいくつかに仕切られた小部屋で、飲食をするようになっている。二階もあるようだが、女中に聞けば、そちらは大きな宴会や祝言などの祝い事に使うらしい。

徳右衛門は独酌をしながら、つやの様子を窺った。料理や酒を運んでは下げ、ときに客に請われれば酌もするようだ。しかし、俗な酌婦ではなく、それは気持ちよい給仕と受け取れた。

客がおもしろいことをいえば、つやはころころと明るく笑った。その笑顔は人を惹きつける魅力を持っていたし、小柄ながらつくべきところにほどよい肉がついているというのは、着物姿を見ればすぐにわかった。

しかし、これはまずいな、と徳右衛門は思った。もし、つやが幕府役人の妻ということが露見すれば、たちまち噂になるだろう。

つやはそれだけ魅力的な女性であるからなおさらのことだ。

（今夜限りにしてもらわなければ困る）

徳右衛門は強くそう思った。これを見過ごしていれば、徳右衛門だけでなく、上役の組頭、あるいは総頭まで恥をかくことになる。小役人の内職は見過ごしても、役人の妻が働きに出るなど、もっての外なのである。

そこが幕府内にある掟の理不尽さであるが、誰もそれに逆らったりしない。波風を立てず穏便に慎み深く生きるのが、幕府役人の生きるコツなのだ。

銚子を一本飲みきったとき、つやがやって来た。

「もう一本おつけしますか？」

間近で見れば、つやはさらに魅力的だった。肌のきめは細かく、血色がよい。お仕着せの浴衣が仕事着だが、胸の膨らみと白い谷間がまぶしいほどだ。

「いかがされますか？」

つやは色っぽい笑みを浮かべる。嫌みのない微笑みである。その顔に過去の暗い境遇は、微塵も感じられない。生まれながら得な性格の持ち主なのか、内心の暗さを隠すのがうまいのかもしれない。

「もう一本つけてくれるか。それから、なんでもよいが軽くつまめる肴がほしい」

「それでしたら鮑(あわび)の塩辛はいかがでしょう。料理人のお勧めでございますけれど」

「それでよい」

つやが板場に去ると、徳右衛門は仏頂面で煙草を喫んだ。つやが一蔵の妻でなく、町民の妻ならなんの問題もない。楽しく酒の相手をさせるだろう。

だが、そうはいかない。いかなる困り事があろうと、幕府役人の妻が料理茶屋に働きに出るなど、言語道断なのである。

「どうぞ、おつぎしましょうか……」

酒を持って戻ってきたつやが、酌をしようとした。

「いや、よい」

徳右衛門は断ってから、低声でつづけた。

「わたしが誰であるかわからぬようだな」

「は」

つやの顔から笑みが消えた。

「そなたは亀井一蔵が妻、つや殿であろう」

つやは顔をこわばらせるだけでなく、体まで萎縮させた。双眸にあった明るさが、すうっと奥に引っ込み、表情全体が陰鬱になった。

「わたしはそなたの夫、亀井一蔵の上役だ。昨夜、そなたはこの仕事をつづけるかどうか、亀井と話している。そして、今日は店と相談するといったそうだな」

「……………」

つやは手をにぎりしめ、唇を引き結んでいる。

「叱っているのではない。そなたがどんなところで働いているのか、それを見たかっただけだ。なかなか立派な店で安心したが、どんな事情があるにせよ、幕府役人の妻が水商売をしていることが表沙汰になれば、そなたや夫の亀井だけでなく、多くの上役に恥をかかせることになる。慎まれよ。いや、今夜かぎりでこの店はやめるのだ」

「……………」

つやは怯えた鳥のように縮こまっていた。

「なぜここで働くようになったか、その事情は知っている。わたしも何か役に立とうと思っている。わたしのいっていることはわかるな」

「は、はい」

つやは蚊の鳴くような声を漏らしてうなずいた。

錦水楼を出たときには、すっかり夜の闇は濃くなっていた。徳右衛門は提灯の用意をしていなかったので、月明かりを頼りに家路を辿った。

何となく心に晴れないものがあった。つやに店をやめるよう強制したからではない。下級役人の理不尽な立場を思い知ったからだろう。

なんでもお上の決め事に逆らってはいけない。お上だけではない。上役には決して逆らえないのだ。さらに、その上役を抜いて出世することはまずない。

つまり上下関係は、永遠に変わらないといっても過言ではない。立場を変えることのできるのは、御目見である。

御目見でも家格や血筋によって大きく変わる。つまり、強い縁故が出世には必要なことだった。

(わたしにはそれがない)

徳右衛門は夜空をあおぎ、叶いもしないことを夢想する。

（もし、わたしが老中だったなら……）

きっと、下級役人の妻が働きに出ることに対しては、黙認の形を取るだろう。そうでないとおかしいのだ。内職や手跡指南、あるいは芸事の指南などは黙認しているのだから。

水商売だからといって忌避することはない。春をひさぐわけでもないし、それなりに格式のある料理屋ならいいではないか。

徳右衛門はそう思わずにはいられないが、現実はそのようにはいかない。

自宅屋敷の玄関に近づくと、奥で待っていたらしい小平次がやって来た。

「お帰りなさいませ」

「うむ。もう上野に行ってきたのか？」

「はい、あれからすぐに行ってきたのですが、池之端仲町には俵屋という料理屋はありませんで……」

「ない？」

「酒屋はあったんですが、料理屋はどこにも見あたりませんで……ついでに隣町もまわって訊ねてきたんですが、やはり俵屋という料理屋は見つかりません」

徳右衛門はいつになく真剣な顔つきで、宙の一点を凝視した。

（では、百両の値のつく骨董の品があったのは、酒屋の俵屋だったのか……）

いやそんなことはない、と徳右衛門は胸中で否定した。

七

翌朝、徳右衛門が亀井一蔵の家を訪ねると、玄関前を掃いていたつやが驚いた顔で見てきて、慌てて挨拶をした。

「昨夜は気分の悪いことを申したが許してくれ」

「いえ、わたしのほうこそ至らぬことだと気づかずに、大変申しわけなく思っています」

つやは丁寧に頭を下げる。

「ご亭主はいるか？」

「はい」

「じつはそなたにも話したいことがあるのだ」

「あの錦水楼のことでしたら、昨夜店の主とよく話をしてやめることになりました」

「それはそれでよいのだが、他のことがあるのだ」

それならぜひにも伺いたいといって、つやは座敷に案内をして、夫の一蔵を呼んだ。

一蔵は奥の間で内職をしていたと、挨拶のあとでいった。

曇っているせいで、いつもより気温が低いのか、座敷には涼しい風が吹き込んでいた。

「亀井、おぬしはつや殿の母御の勤めていた俵屋なる料理屋に行ったことはあるか？」

「いいえ」

徳右衛門は、今度はつやを見た。

「つや殿はどうだ」

「わたしも行ったことはありません。池之端仲町にあると聞いているだけです」

「じつは俵屋という名の料理屋はないのだ。これはわたしが雇っている中間を使い、調べさせてわかったことだ」

一蔵とつやは同時に「えッ」と驚きの声を漏らした。

「それからつや殿の母御であるお菊に、二人は会ったのだろうか?」

徳右衛門は一蔵とつやを、交互に見た。

「わたしは知らせを受けて、二度ほど見舞っております」

答えたのはつやだった。

徳右衛門は一蔵に「おぬしはどうだ」と、訊ねた。

一蔵は見舞っていないと答えた。

「つや殿、見舞ったときの母御の様子はどうであった」

「どうって……やつれて顔色が悪く、ほんとうに具合が悪そうでした」

「何という病なのだ」

「お医者に診せたそうですが、よくわからないと申しておりました」

「二度見舞ったといったが、二度とも同じような具合だったのだろうか」

「はい、気分がすぐれず、食が細くなったといっておりました。昔の面影も薄れて……ひどい母親でしたけど、そんな姿を見れば、心が痛くなりました。やはりわたしを産んでくれた親ですから、見放すわけにはいきません」

「その気持ちはわかる。親は子を思い、子は親を思う。あたりまえのことで、それが本来の親子の仲だろうが、つや殿の親子仲は、一度崩れていた。それでもそなたは立派に立ちなおり、母の面倒を見ようとしている。そして夫の亀井もその手助けをしようと必死だ。いい夫婦であるな」

「いえ」

一蔵は照れたように頭を掻き、つやを見る。

「わたしはそんな夫婦を見捨てられないし、じっとしておれない。それに、亀井の上役でもある。放っておけることではない。よけいなお世話だと思わないでくれ」

「まさか、そんなことは思いもいたさぬことです」

一蔵が慌てたようにいった。

「もうひとつ聞きたいことがある。お菊の内縁の夫になっている織部喜三郎という者に、二人は会っているのだな」

「もちろんでございます。じつは昨日その織部殿が、金の無心に来たのです」

「ますますもってあやしい。ひょっとすると、二人はうまく利用されているだけかもしれぬ。もしそうなら許せることではない」

一蔵はそのときのことをかいつまんで話した。

「わたしもあの織部殿は胡散臭いと思っているのです。以前からそうでしたが、昨日はとくにそう思いました」

「これから二人で会いに行くが、つや殿はいかがする？」

「つや、おまえは留守を頼む。浜野様とわたしで調べてくる。よいな」

一蔵にいわれたつやは、殊勝にうなずいた。

湯島切通町は蟬時雨に包まれていた。

徳右衛門と一蔵は、湯島天神門前町の坂下に立った。

強い日射しのなかを歩いてきたので、二人とも背中が汗で黒くなっていた。汗をぬぐった手拭いは絞れば、地面にしたたるほどだった。

「先に二人の住まいに行くか、それとも俵屋のことをたしかめるか……」

徳右衛門は一蔵を見た。

「できれば、二人が嘘をいっていないことを願いたい。そうでなければあまりにも、ひどい話だ」

「おっしゃるとおりです。まずは俵屋をたしかめたく思います」

「それがよかろう」

二人は池之端仲町に足を向けた。

小平次の調べどおりに、俵屋がなければ、一蔵夫婦はすっかり嘘をつかれ、金を騙し取られていたことになる。そんな卑劣な行為は許されない。

しかし、徳右衛門は冷静になっていた。できれば、菊と織部喜三郎が嘘をいっていないことを願った。おそらくその願いは通じないだろうと半ば思いながら。

「すっかり騙されているとわかったらいかがする」

徳右衛門はそのときのことを憂慮していた。一蔵とつやにまかせるしかないが、刃傷沙汰は避けたい。

「わたしは織部殿にいいました」

一蔵は思い詰めた顔でつぶやくようにいう。

「なんと……」

「もし、わたしたちを利用しているとわかったら、斬るといいました」

徳右衛門はさっと、一蔵を見た。いつもの童顔が厳しくなっていた。一蔵は若いが剣の腕はたしかだ。組内でも評判の手練(てだ)れである。

徳右衛門は一度立ち止まって、遠くの空を眺めた。憎らしいほど澄みわたった夏の空が広がっている。

一蔵の気持ちはわかる。しかし、虚しいことである。斬ることですべてが解決するわけではない。だからといって、他に何かよい手立てがあるか？　徳右衛門は自問した。

「行きましょう」

立ち止まっている徳右衛門を、一蔵が促した。

池之端仲町で俵屋を探したが、小平次が調べたとおり、俵屋という名の料理屋はなかった。あったのは酒屋である。それも、店頭でも酒を飲ませる小売酒屋だった。

店主に近所に俵屋という料理屋があるかと聞けば、そんな店はないという。

「ならば織部某という浪人を知らぬか？」

一蔵が聞いた。すると店主はあっさり知っているという。

「贔屓にしてもらっています。ときどきご新造が買いにもいらっしゃいます」

「それは最近のことではないだろう」

徳右衛門が聞くと、店主はいいえと、鼻の前で手を振ってつづける。

「昨日も織部様が買いに見えましたよ」

一蔵の目が険しくなった。

八

「愚弄するにもほどがある」

俵屋をあとにするなり、一蔵が吐き捨てた。

「亀井、落ち着くのだ。織部は、ただ酒を買って帰っただけかもしれぬ」

気休めだとわかっているが、徳右衛門は一蔵の感情を静めたかった。

「あの男は、わたしに金を無心するとき、足りなければまた頼むといったのです。それもつやの母親が死にそうなほど容態が悪いといって」

「それは……」

徳右衛門は一蔵を見た。

「あの男のいうことがどこまでほんとうなのかわからなかったので、そのことはつやにも話していません」

「ほんとうだったらいかがする。つや殿は母親を見舞っているが、ほんとうに具合が悪そうでやつれていたといったではないか」

「いいえ、嘘に決まっています。俵屋だってないのです。壺のことだって嘘でしょう」

一蔵は憤慨したように立ち止まった。庭瀬藩板倉家上屋敷の長塀の前だった。目の前に切通坂がある。

「行きましょう」

一蔵のあとを徳右衛門はついていった。織部喜三郎と菊の住む長屋は、坂の途中を右に入ったところにあった。

「何があろうと、まずはよく話しあうことだ」

徳右衛門は諭すようにいうが、一蔵は無言だった。そのまま路地を進み、一軒の家の前で立ち止まった。

井戸端に二人の女がいたが、亭主連中が出払っているらしく長屋は静かである。ときどき蟬の声に混じって、赤ん坊の泣き声が聞こえてくるぐらいだった。

一蔵は戸口前に立っている。腰高障子は開いているので、家のなかに菊と喜三郎がいればすでに気づいているはずだ。

「ひょっとして、金を持ってきてくれたのかい」

徳右衛門にそんな声が聞こえてきた。すぐに咳き込む声が重なった。

「……織部さん、折り入って話がある。その人はほんとうに具合が悪そうだ。ついてきてくれないか」

一蔵はそのまま木戸口のそばにいる徳右衛門のほうに引き返してきた。そのあとから織部喜三郎が、表に姿を見せた。髷が乱れ無精髭だった。片手でぞろりと顎を撫でて、歩いてくる。

「つやの母親はほんとうに具合が悪そうです」

一蔵は徳右衛門に告げて、そのまま表道に出た。徳右衛門もつづく。そのあとから喜三郎が不遜な態度でやってきた。

「おい、どこへ連れていくつもりだ。おれは病人を抱えてんだ」

一蔵はすぐそこだ、と応じ返してずんずんと坂道を歩く。行ったのは、湯島天神の境内だった。

一蔵と徳右衛門は、本殿から離れた大きな銀杏の木陰に立って、喜三郎を待った。

「一蔵殿、その連れは何だ。おれが怖くて助っ人でもしてもらおうという魂胆か」

「嘘つきめ」

一蔵は罵った。

喜三郎の眉がぴくっと動き、眉間にしわが刻まれた。

「きさまは、わたしら夫婦に同情を買わせ、そして金を無心するために、嘘をついた。そうであろう」

一蔵は日に焼けた顔を真っ赤にしていた。

「嘘……」

「きさまは、いや、つやの母お菊殿もそうだが、俵屋という料理屋で高価な壺を割り、その弁償をしなければならぬといった。だが、俵屋という料理屋はないではないか!」

「………」

「お菊殿はまあたしかに病人のようだ。医者への薬礼などかかるのはわかる。だが、きさまは自分も体を壊してままならぬといっておきながら、わたしに無心した金で酒を食らっていた。人の弱みにつけ込み、まんまと金を騙し取る不届き者だ」

「そう目くじらを立てるな。たしかに壺の話は作り話だ。だが、そうでもしなきゃ頼れる人間も頼れないと考えてのことだったのだ。だが、お菊が病人だというのはほんとうだぜ。さっき見たろう。おれはその看病で忙しいのだ」

「ろくに仕事もせず、酒を飲んでの看病であろう。きさまの作り話に乗ったわたしは、しなくてもよい内職をはじめ、つやは母親のためだといって働きにも出たのだ。だが、蓋を開けてみればこのざまだ。騙されるわたしにも落ち度はあるが……」

「やめてください」

突然、やり取りを遮る声があった。

境内によろけるように入ってきた菊だった。着ている浴衣がだらしなく乱れている。髪もほつれ、顔は蒼白である。

「あんた、もうやめておくれ。もう堪忍しておくれ。あんたのやっていることはあんまりだよ。わたしゃ、自分の病よりそのことで胸が苦しくて仕方ないんだ。これ以上娘夫婦の幸せを壊さないでおくれまし」

「みろ、このとおりきさまの嘘は証拠立てられたも同然。もはや、弁解など通用せぬぞ！」

一蔵はさっと足を開き、刀の柄に手を添えた。

「なんだ。斬るというのか」

喜三郎の目が険しくなっていた。

「忠告したはずだ。わたしたちを利用しているだけとわかったら、斬るといったはずだ」

「やるというなら受けて立とう」

喜三郎は刀の鯉口を切った。

すぐに「やめておくれまし！」と、菊が声を張った。同時に徳右衛門は前に出て、一蔵と喜三郎の間に立った。

「亀井、斬り合いは許さぬ。それにここは神社の境内。刃傷御法度の地だ。下がれ」

「しかし……」

徳右衛門は一蔵にはかまわず、喜三郎をにらみ据えた。

「織部喜三郎というらしいが、人の風上にも置けぬさもしい人間だ。きさまには人としての血が通っておらぬようだな。人を欺き、人の弱みにつけ込んでの強請（ゆす）りたかり、斬って捨てたいところだが、訴え出てお上に裁いてもらうことにする」

「なんだと……」

喜三郎は大きく眉を動かし、眉間にしわを刻んだ。目に動揺の色が浮かんだ。

「ここで刀を使ってもよいが、亀井、穢れた血で刀を汚すことはないだろう」

「このォ、人を虚仮にしおって！」

喜三郎が目を剝いて刀を抜こうとすると、菊がその前に飛び出して、

「斬るならわたしを斬っておくれ！　そのほうがいっそ楽だ。そうしておくれ」

と、両手を広げていった。

喜三郎は刀を抜きかけたまま、そこをどけと怒鳴ったが、菊は動かなかった。いや、そのまま膝から崩れるようにして倒れた。

「おっかさん！」

今度はまた新しい声だった。全員がそっちを見ると、組屋敷で留守番をしているはずのつやがあらわれたのだ。

「つや、なぜここに？」

一蔵は菊を庇うように取りついたつやに、目をまるくした。

「どうしてもあなた様のことが気になって、こっちに来てみたらちょうど母親の姿が見えたので追ってきたのです。おっかさん、しっかりして……はっ……」

つやは息を吞んで驚いた。

それはそばにいる徳右衛門も一蔵も同じだった。つやが咳き込みながら喀血し

たのだ。

「これはまずい。家に連れ帰って安静にさせるのだ」

徳右衛門はそういって喜三郎を見たが、動く気配がない。代わりに一蔵が菊を背中に負ぶった。つやは血を吐いた菊の口のあたりを拭きながら、

「わたしが面倒を見ます」

と、喜三郎をにらむようにいって、さあ早くと一蔵を促した。

「勝手にしやがれ。そいつァ、どうせくたばるんだ」

喜三郎は悪態をついて、徳右衛門たちとは反対のほうに歩き去った。

九

菊は辛そうに半身を起こすと、介抱をしている我が娘つやと、徳右衛門、そして一蔵を見て、深々と頭を下げた。気分が落ち着いたという。

「無理をしないで、横になっていたほうがいいわ」

つやが菊をいたわって横にしようとするが、つやはそれをやんわりと拒んだ。

「こうなったのも何もかも、わたしが至らなかったからなのです。つやにはなん

といいわけすればよいか、そのいいわけの言葉さえ見つかりません。一蔵様、あなたのことは以前つやに会ったときに、いろいろと聞いております。ほんとうに申しわけないことをいたしました」

「なぜ、あんな男といっしょになったのです？」

一蔵だった。至極もっともな疑問だった。

「つやからも聞いておいででしょうが、わたしたち母娘は、死んだ夫にずいぶん苦しめられました。その挙げ句、わたしはつやを捨て、あの人と……」

菊は唇を嚙み、目に涙の膜を張ってつづけた。

「あの人と会ったとき、わたしはずいぶんやさしくしてもらいました。長年連れ添った夫に身も心も疲れ果てていたわたしは、世の中にはこんないい人もいるのだと、心を傾けてしまったのです。しかし、それははじめのころだけで、あとは元の夫と何ら変わりませんでした。わたしはいつしか、あの人のために働くようになり、ついに体を壊してしまいました。後悔しても、後悔しきれないとは、まさにこのことです」

「おっかさん、そんなことはあとで……」

「いいえ、いま話しておかなければ、いつ話せるかわからない。黙って聞いておくれ」

菊は枕許の水を飲んでからつづけた。

「あんたを見放すようなことをして、わたしはほんとうに浅はかだった。それも苦しさから逃れたいという一心からだった。ひどい母親だよ。だけど、それは罰あたりなことだった。気がついたときには、織部喜三郎というろくでもない浪人のいいなりになっていた。少しでもいいことがあればよかったのだけれど、元の木阿弥だった。暮らしはきつく、あの人はわたしの稼ぎだけをあてにし、気に入らないことがあると、すぐに手をあげる。折檻は、前の亭主よりひどかった。しかし、もうこれは天罰だと思ってあきらめていた」

菊は短く咳き込んだ。つやが心配そうに背中をさする。

風通しの悪い部屋には、熱気がこもっていた。

表にはけたたましい蟬の声。

どこかに吊られているらしい風鈴の音だけが救いだった。

「わたしが体を壊して寝込むようになると、あの人は浅知恵を働かせた。それが、料理屋の高価な壺を割ったという作り話だった。そして、体を壊したわたしのこととあわせて、同情を買わせ、あんたに金を無心することだった。あの人はいっとき借りておくだけだといっていたけど、端からそんなつもりなんかないとわたしにはわかっていた。わたしはそれはいけない、できないといいはしたけど、体も弱っていたので、いいなりになるしかなかった。そうしなければ、ほんとうに殺されると思った。だから……」

もう一度菊は水を飲んだ。大きく喘ぐように息継ぎをしてつづける。

「だから、あの人のいいなりになるしかなかった。いまさら、こんなことをいっても詮無いことだとわかってはいるけれど、つやにはほんとうに申しわけないことをしてしまった。許してくれとはいわないけれど、あんたのことを忘れたことはなかったのだよ」

菊は涙ながらに語り、大粒の涙を頬につたわせた。

「あまりにも身勝手すぎるのではありませんか。わたしは承服できない」

一蔵は憤然とした顔で、菊をにらむように見た。

「娘を捨て、あなたはあんなくだらない男を取ったのだ。それは曲げることのできない事実だ。挙げ句の果てに嘘をついて、わたしら夫婦を騙し、金をむしり取っていたのだ。おかげでやらなくてもいい内職をやり、つやは料理屋に働きにも出た。それがどんなに大変なことなのか、あなたにはまったくわかっていない」

「なんと責められようが、わたしには弁解の言葉もありません」

菊はそういうと、激しく咳き込んだ。

「おっかさん、わかったから横になって……」

つやは菊を夜具に横たえた。

「病人にこんなことはいいたくないが、やはりお菊殿はまちがったことをした。善悪の見分けがつかぬほど、心身が脆くなっていたのかもしれないが、実の娘を捨てることは許されることではない。しかし、救いがある」

口を開いた徳右衛門を、菊はうつろな目で見てくる。

「つや殿が立派に娘からひとりの女に成長したことだ。そして、ひどい仕打ちを強いた母を恨まずに、なんとか救いの手を差しのべようと働きにも出た」

「わかっております」

小さな声で応じた菊は、ごふぉごふぉと咳をし、口を塞いだちり紙に赤いしみがにじんだ。

「つや殿がどんな境遇のなかで育ってきたかということは、亀井から聞いて知っているが、わたしは胸が痛くなった。むろん、そんな家庭が世の中にはいくつもあるだろうが、耳を塞ぎたくなるほど痛ましいことだ。血をわけあった親と子、そして赤い糸で結ばれた夫婦は仲良く幸せにならなければならない。そのために誰もが努力を惜しまない。なかにはしくじる家族もあるが、そこには何か大きな問題があるからだ」

　話をつづける徳右衛門を、つやも一蔵も、そして菊も真剣な顔で見ていた。

「亀井とつや殿はまだ若い。いずれ子ができるだろう。そこには慎ましくてもよいから、幸せな家庭がなければならぬ。菊殿、そなたにはそんな大切な娘がいるのだ。あの男とは金輪際付き合わぬことだ」

「そのとおりでございます」

　一蔵が力を込めて言葉を添えた。

「その心づもりでいます。申しわけございませんでした。つや、ごめんよ、ごめんよ」

　おろおろと涙を流す菊は、そのまま突っ伏して肩をふるわせ、嗚咽を漏らした。

　徳右衛門は菊が少し落ち着いたところで訊ねた。

「医者にかかっているようだが、なんの病なのだ？」

「医者……そんなものにはかかっていません」

「薬があるだろう」

「薬はあの人が、近所をまわっている薬屋から買ったものです」

これには徳右衛門ばかりでなく、つやも一蔵もあきれた顔をした。

「あなた様、ここに母を置いておくことはできません。家に連れ帰って、看病したいのですが……」

つやが必死の顔で懇願した。

一蔵は少し躊躇ったが、徳右衛門がそうすべきだというと、では早速これから連れて帰ろうといった。

十

「小平次、今日は野暮用があるのだ」

それは下城の途中、間もなく自宅屋敷に着くころだった。

「なんでございましょう」

「今夜はおまえの家で酒盛りをしようと思う」

「へッ、わたしの家ででございますか。そりゃまたどうしたわけで、うちは小汚い長屋ですし、旦那さんがゆっくり……」

「いいんだ。今夜はおまえの家で飲んでいたことにしてもらいたいだけだ。ただ、それだけだ。深くは聞くな。わかったな。よいな」

「へえ、まあそうおっしゃるのなら、そのようにいたしますが……」

「こう見えてもわたしにもいろいろあるのだ。このこと他言するな」

徳右衛門はいたずら小僧に戻ったような笑みを、小平次に向けた。

帰宅した徳右衛門は、先に小平次を帰すと、

「志乃、今夜は少し遅くなるかもしれぬから、夕餉はいらぬ。ちょいと大事な付き合いがあってな」

と、志乃に告げた。

「急なことですね。深酒は禁物ですよ」

「わかっておる」

徳右衛門は普段から篤実で律儀な夫なので、志乃は疑りもしない。それとも夕餉の支度を省けるので、あっさり承諾するのか、と徳右衛門はちらりと穿(うが)った推量をしたが、それはそれでよいと内心にいい聞かせ、家を出た。

亀井一蔵とつやが、菊を預かって二日がたっていた。

菊の病状はあまり芳しくないらしい。診てくれた医者は、あまりいい顔をしな

かったと、その日の昼間、一蔵から聞いたばかりだった。

そのとき、徳右衛門はもう長くないかもしれないと、口には出さないまでも心の内で思った。それに、一蔵も同じことを感じているのではないかと思いもした。

その日は、曇り空のせいで暮れるのが早かった。

池之端仲町に着いたころには、黄昏(たそが)れていた空はすでに翳り、星を隠すように雲が広がっていた。

徳右衛門は目立たないように道の端を歩き、ときに商家の軒下に佇(たたず)んで、刻(とき)をやり過ごした。とある居酒屋に目的の男が入ったのは、暮れ六つの鐘が鳴って半刻ほどたったときだった。それからもう一刻はたっていた。

徳右衛門は辛抱強く、路地の暗がりで待ちつづけた。徳右衛門をあやしむ人間にも出会わなければ、そこに徳右衛門がいることに気づく者もいなかった。

徳右衛門が待っているのは、織部喜三郎である。

放っておけば、おそらく亀井一蔵が暗殺するはずだ。そうなれば、疑いの目が真っ先に一蔵に向けられるのは自明の理。妻のつやがまたもや不運に襲われることになる。

徳右衛門はその両方を回避させなければならないと、腹をくくっていた。

喜三郎が店の表に姿を見せたのは、五つ半（午後九時）を過ぎたころだった。さほど酔っているようには見えない。足取りはしっかりしている。

徳右衛門は距離を取って尾行した。喜三郎は背後の気配には、まったく気づいていない。

手にした提灯を揺らしながら、坂を上りはじめた。右も左も町屋だが、しばらく行くと左の町屋が切れる。

徳右衛門は周囲に目を配り、背後にも警戒の目を走らせた。誰もいなかった。

ごくりとつばを呑み、刀の柄に手をやる。喜三郎の出方次第では、斬り合いになるかもしれない。そのことを思うと、膝がふるえそうで、心の臓がドキドキと脈打ってきた。

しかし、意を決しここまで来た以上、あと戻りはできない。

（よしッ）

内心で気合いを発し、足を早めると、喜三郎との間合いを一気に詰めた。

「そこの御仁、しばらく」

声をかけると、喜三郎が提灯ごと振り返り、

「……あんたか？」

と、目をすがめて徳右衛門と気づいた。

「他でもない頼みがある」

「なんだ?」

「貴公は感心できぬ男だ。何が感心できぬか、己の胸に手をあてればわかること。直截に申すが、江戸を離れてもらいたい」

「なんだと……」

喜三郎は大きく眉を動かした。

「それができぬなら金輪際、亀井夫婦にもお菊殿にも関わらないと約束してもらう」

喜三郎はふんと、嘲るような笑いを漏らした。

その刹那、徳右衛門は喜三郎の虚をつき、素早く抜刀するなり、片腕を喜三郎の腕にまわし、喉首にぴたりと刀をあてがった。

「さもなくば、ここで貴公の首をかっ捌く」

「うっ……」

喜三郎は足許に提灯を落とした。

「どうする?」

「や、やめろ。やめてくれ」

よほど恐怖したのか、喜三郎はふるえ声を漏らした。

「どうなのだ」

「わ、わかった。約束する」

「武士に二言はないぞ」

「わ、わかってる。や、約束するから斬らないでくれ」

徳右衛門はそのままの体勢をしばらく保ってから離れた。とたん、喜三郎は腰が抜けたように膝からくずおれた。

その無様な姿を冷ややかに見下ろした徳右衛門は、ゆっくり離れながら刀を鞘に納めると、徐々に足を早めて坂を下った。

話をしてもわかる相手ではないので、強引なやり方だったが、斬り合いにならなくてよかったと、ほっと胸を撫で下ろしていた。


それから三日後、一蔵とつやの看病も虚しく、菊が息を引き取った。徳右衛門がその死を知ったのは、菊の死からさらに二日たった朝のことだった。

「込み入った事情がありまして、葬儀一切はごく簡略にすませました。浜野様には何かとご面倒をおかけいたしまして、まことに申しわけございませんでした」

「そう堅苦しいことをいうな。しかし、つや殿の悲嘆は大きいだろう。そのことのほうが心配だ」

「それがそうではないのです。つやはこれで母もようやくゆっくり休むことができると、その最期を見届けました。少しでも親孝行ができた気がするとも……」

「つや殿はやさしい人だな。おぬしはそんな妻をもらって幸せ者だ」

「はは、ありがたいことです。そうそうそれから、妙な調べがありましてね」

「妙な調べ……」

徳右衛門は眉をひそめて一蔵を見た。

「なんでも織部喜三郎が、何者かに斬られて死んだそうなのです。闇討ちにあったらしいのですが、そのことで町方の同心が訪ねてきました」

「それでどうなった？」

「正直に申しますと、わたしは先を越されたと思いました。わたしが手打ちにしようと考えていたのです」

「まさか、疑いをかけられているのではないだろうな」

「それはありません。あれが殺されたころ、わたしは自宅におりました。そこにはつやも医者もいましたから間違いないことです。それに織部は、浜野様もご存じのとおり、あのような男ですから、ほうぼうで恨みを買っていたようです。聞きに来た同心も、殺されてもおかしくない浪人だったといっていました」

「なるほど……。それにしても、やれやれであるな」

徳右衛門は独り言のようにつぶやき、お城の上に浮かぶ白い雲を眺めた。

二人は急な富士見坂を上ったところだった。相変わらず蟬の声がかしましい。

「亀井」

「はい」

「早く子を作らなければな」

「はは、それは……」

「子ができれば、やさしいつや殿の心痛もいずれ癒やされるはずだ」

「はい」

「励め励め」

そういってやると、一蔵は大いに照れた。徳右衛門はそれがおかしくて、明るい笑い声を青空にひびかせた。

第五章　初恋

一

四谷南伊賀町の西側の通りを石切横町という。

その通りのなかほどに、小さな稲荷社があり、脇には背の高い欅の木が聳えていた。慎之介は百静館道場で知り合った田口利一郎と、その木の根方に腰をおろしていた。

欅が日射しを遮り、風が吹き抜けるので、涼しかった。蟬の声がうるさいが、もう慣れっこだ。

「中島屋の……」

利一郎はそういって目をしばたたき、慎之介を見る。

「お弓というんだ。知らないか？」

「さあ」

利一郎は首をかしげる。

「おれも気づかなかったんだけど、この前ちょっとしたことで知ってね」

慎之介は木の枝で、地面にまるをいくつも描きながらいう。

「ひょっとしたら利一郎も知ってるかと思ったんだ」

「米穀問屋なんて行かないからな。でも、可愛いのかい」

利一郎は興味津々の顔を向けてくる。年は慎之介と同じだし、馬が合うので二人の間に隠し事などない、「おれ」「おまえ」の関係だった。

「ちょっとな」

「見に行こう。どんな顔をしているか見たいじゃないか。おまえだけ知っていて、おれが知らないってのは癪にさわるだろう」

利一郎はそういって立ちあがった。

「見てどうする？」

「気に入ったら話しかける」

「本気か？」

慎之介は座ったまま利一郎を見あげ、お弓のことを打ち明けなきゃよかった、と内心で後悔した。

「どうした。行くぞ」

慎之介は「ああ」と、生返事をして立ちあがり、尻を払った。利一郎がお弓と仲良くなったら、自分はどうしようかと、そのことを考えた。

「店を訪ねる気か？」

慎之介は利一郎の横に並んで歩いた。

「訪ねたりするものか。まずはお弓の顔を見るのが先だ。可愛いか、そうでないかわからないだろう。だけど、おまえは可愛いと思っているんだな」

直截にいわれた慎之介は、頰が熱くなるのを自覚したが、日焼けしているので利一郎にはわからなかったはずだ。

「そうなんだろう」

「まあな。だけど、ただそれだけのことだ」

「そのくせ、おれにもったいぶった話をして……へへ……」

利一郎は冷やかすような笑みを向けてきた。

「なんだよ」

「なんでもないさ。ほら、行くぜ」

志乃は夕餉の買い物に出てきたところだった。昨日、近所に住む同心の妻に、おいしい豆腐屋があると教えられたからだった。豆腐だけでなく、油揚げも他とはちがうと、その妻はいった。

そんな話を聞けば、主婦としてじっとしておれない。炎天下のなか日傘を差して、麴町十三丁目へ来たところだった。

手には豆腐を入れる手ごろな水桶を包んだ風呂敷を提げていた。

与八という豆腐屋は、福寿院門前の脇道を入ったすぐのところにあった。日あたりの悪い場所だが、豆腐屋にはそのほうが適しているようだ。小路に入ったとたん、油揚げの匂いが鼻先に漂ってきた。

店には三人の客が先に待っていたので、少し離れた日陰で待つことにした。目の前は甲州道中で、ほっ被りをした裸足の男が、馬を引いて大木戸のほうへ歩いていった。

路地から出てきた一匹の痩せ犬が、歩き去る馬を一度見て、道を横断して反対の路地に消えていった。

通りの向こう側は、四谷伝馬町二丁目である。呉服屋や醬油酢問屋などと、わりと大きめの商家がある。

掛けられている暖簾がときどき風にひるがえり、店のなかが垣間見えた。蟬の声もするが、風鈴の音もどこからともなく聞こえてくる。

豆腐屋に戻ろうとしたときだった。目の端に気になる人影が入った。立ち止まって見ると、慎之介だった。

最近親しく付き合っている持組の与力、田口公七郎（こうしちろう）の長男といっしょだ。利一郎という子で、なかなか利発そうな顔をしているし、志乃に対しては子供とは思えないお世辞をいう。

「この辺で慎之介君の母様より美しい人はいませんよ。ほんとですよ」

と、真顔でいうのだ。

年のわりにはませたことをいう子だと思っても、嬉しいから、志乃は頰をゆるめてしまう。だから利一郎には好印象を抱いている。

(何をしているのかしら……)

志乃は爪先立つようにして慎之介と利一郎を眺めた。

二人は中島屋という米穀問屋の前を、行ったり来たりしている。ときどき店のなかをのぞきこんでは逃げるように去り、またすぐに引き返して中島屋の様子を窺っている。

ひとりの若い娘と手代ふうの男が出てきたのは、それからすぐだった。若い娘は涼しげな花柄の浴衣を着ていた。年はおそらく慎之介と同じぐらいだろう。娘は手代らしい若い男と、四谷伝馬町一丁目のほうへ歩いていく。気になった志乃は、少し道に出て日傘の陰から娘を見た。色の白い可愛らしい子だった。目がくりっとしていて鼻筋も通っている。

志乃が背後をちらりと振り返ると、慎之介と利一郎が袖を引っ張り合ったり、背中を押し合ったりしている。おまえが先に行けといっているふうだ。

志乃はその二人に見つからないように、日傘で顔を隠して商家の軒下に立った。

「おまえが話すといったのだぞ」

慎之介が利一郎の袖を引きながらいう。

「だって、邪魔がいるだろう。手代かな番頭かな……」

利一郎は前のほうを歩いている娘と手代ふうの男を見ながらいう。

「あとをついてけば、お弓がひとりになるかもしれない。そのときに話せばいいさ」

慎之介がけしかけている。

「おまえがお弓を気に入っているのだぞ。おまえが話すんだ。おれがそのきっかけを作るから、そうするんだ」

「何いってやがる。さっき、気に入ったから話をしてみたいといったのはどこの誰だ？」

「おれは人の恋路の邪魔はしない」

そんなやり取りをしながら二人は遠ざかっていった。

志乃は微笑みを浮かべながら二人を見送った。

(何ともまあ、利一郎って子は、ずいぶんおませだこと……)

二

志乃は与八で豆腐を買ったついでに、市谷本村町にまわった。贔屓の青物屋があるので、胡瓜と茄子といんげんを買い求め、家路についた。

それにしても暑い。日傘を少し傾けて空をあおぎ、額と首筋の汗をぬぐった。

それから前方に目をやったときだった。

右脇の路地からほっ被りをした男が、慌てたように飛び出してきた。志乃と目が合うと、しまったというような顔をして、すぐ反対側の路地に逃げるように駆け込んでいった。

志乃はいったいなんだろうと思って首をかしげ、走り去る男の姿を見送ってから、男が飛び出してきた路地に視線を向けた。

そこは、人がすれ違うのがやっとという細い路地で、両側は柊の生垣が奥につづいている。人の姿はないし、特段変わった様子もない。

（いったいなんだったのかしら……）

志乃は首を捻って歩きながら、さっきの男はなぜ、しまったというような顔をしたのかしらと考えた。

しかし、そのことは家に帰りついたころにはすっかり忘れていた。

夕餉の支度をしたり、洗濯物を取り込んだり、蓮に手跡指南をしているうちに、外は夕暮れてきた。そのうち、小平次がお城からひとりで戻ってきた。

「主人はいかがされました？　今日は寝番ではなかったはずですけど……」

「付き合い酒があるので少し遅くなるということでした」

「それじゃ夕餉はどうされるのかしら……」

うまいという評判の豆腐を仕入れてあるのだ。

「食事のことはおっしゃってなかったので、召しあがるのではないでしょうか」

「しょうがないわね」

志乃は、徳右衛門は帰ってきたら茶漬けぐらいは欲しがるだろうと思い、その分を計算に入れて米を研ぎにかかった。

慎之介が帰ってきたのはそれからすぐのことだった。いつもと変わらない顔つきで、志乃のそばにやってきて、

「母上、この近所で何かありましたか？」

と、唐突なことを聞く。

「何かって……どうして？」

「四谷の岡っ引きと、捕り方らしい人が目の色変えてうろついているんです」

「岡っ引きと捕り方が……」

おそらく岡っ引きは、粂次という親分だろう。捕り方は町奉行所の同心かもしれない。

志乃は豆腐と野菜を買って帰る途中で見た男のことを思いだした。あの男は路地から慌てたように飛び出してきて、志乃の顔を見てはっと驚き、そして逃げるように去っていった。

（まさか、あの男が……）

と、思ったが、そのことは口にせず、

「泥棒騒ぎでもあったのかもしれないわね。それより今日は何をしてきたの？　道場も九十九先生のところもお休みだったでしょう」

と、ちらりと慎之介を見た。

「利一郎と遊んでいただけですよ」

「ふーん、何をして？」

慎之介が訝しそうな顔を向けてきた。

「何をって、変なこと聞きますね。わたしは何も変なことはしていません」

「そう、それならいいの」

慎之介は水を飲むと、そのまま座敷に上がった。それを見た志乃は、ぺろっと舌を出して首をすくめた。

（あの子もいい年ごろになったのね）

何だか楽しくなって、米を研ぐ腕に思わず力が入った。

その夜、徳右衛門はご機嫌な顔で帰ってきた。

「いやいや、楽しい人がいるのだ。わたしの上役与力なのだが、あんなに楽しい人だとは知らなかった」

そういってアハハハ、と徳右衛門は能天気に笑う。それに息が酒臭いので、近づかないでほしい。

志乃には何が楽しいのかさっぱりわからない。それに息が酒臭いので、近づかないでほしい。

「お茶漬けでも食べますか？」

「うむ、さらっといこう、さらっと……アハハハ、思いだしてもおかしいわい」

志乃は、幸せな人だこと、と冷めたことを心中でつぶやき、茶漬けを作り、ついでに冷や奴を添えた。

徳右衛門はうまそうに茶漬けを食べ、冷や奴にも箸をつける。

「ほう、この豆腐はいけるな。うまいッ」

志乃はその声で、徳右衛門を振り返った。

「今日わざわざ買いに行ってきたんです。おいしいお豆腐屋があると聞きましてね。油揚げも買ってきましたので、明日の朝はお味噌汁に使います」

「それは楽しみだ」

志乃は豆腐を買いに行った話をしたことで、昼間に見かけた慎之介のことを思いだした。その慎之介と蓮はすでに、個々の部屋に下がっている。

志乃はそっちの部屋をちらりと見ると、前垂れで手を拭きながら徳右衛門の前に座った。

「今日の昼間、慎之介をたまたま見かけたのです」

「ふむ」

「仲のいい利一郎さんといっしょだったんですけど、どうも様子がおかしいの」

「おかしいとは？」

「伝馬町に中島屋という米穀問屋があるんですけど、そこの娘さんにどうも気があるようなんですよ。気の利いた顔のきれいな娘さんですよ」

「ほう……」

「慎之介は利一郎さんと二人で、その娘さんのあとを尾けて行きましてね、話をするきっかけを作ろうと躍起なんですよ。娘さんの名前は、たしかお弓さんだったはず」

「それで話はできたのだろうか？」

「さあ、それは……」

志乃は首をかしげてつづけた。

「そんなことを見ていて、慎之介も大人になっているんだなァと実感したんです」

「もう十二だからな。しかし、相手は町人の子か……。慎之介は家督を継がなければならない長男だからな」

志乃も徳右衛門のいいたいことはよくわかる。

「でもまだ若いのです。女の子に思いを抱くのは悪くないと思います。しばらく遠くから見守っていたいと思うんです」

「そうだな」

徳右衛門は麦湯を飲んで、そろそろ寝るといって立ちあがったが、すぐに振り返った。

「そうだ、出かけるときには、戸締まりに気をつけてくれ。今日の昼間泥棒騒ぎがあったらしい。詳しいことは知らないが、帰ってくる途中で粂次という岡っ引きがそんなことをいっていた」

「泥棒騒ぎ……」

志乃はつぶやいたあとで、買い物の帰りに見た男のことを思いだした。ほっ被りをした男は、驚いたように志乃を見て、逃げるように駆け去っていった。

（いったいあの男……）

「その男が、驚いたような顔をしたって……それはまたなぜであろうか……」

三

翌朝、徳右衛門は志乃の話を聞いて、首をかしげた。

「わたしにもわからないんです。まさか、あの男が泥棒だったのでは……」

「そうだとしたら危ないところだった。近ごろの盗人は何をするかわからない。ときに金子(きんす)一両を盗むのに人を殺すこともあるそうだからな」

「一両と命を引き替えにされてはたまりませんわ」

「あたりまえだ」

徳右衛門は飯碗を置いて、茶を所望した。

静かな朝である。

表は曇っていて、普段より幾分涼しかった。

そのせいか蟬の声もおとなしめである。

徳右衛門が朝餉を終えると、慎之介が行ってきます、と元気な声で出かけていった。今日は九十九研蔵の手習所通いだった。

「志乃、昨夜聞いたことだが、その伝馬町のなんという店だったかな。その娘のいる店だが……」

片付けをしていた志乃が手を止め、蓮の耳を気にして低声で答えた。

「中島屋です。お弓ちゃんという子です」

「そうか。ちょっとどんな子か見てこようかな」

徳右衛門もかすれ気味の低声で答えた。

「お好きになさってください」

志乃はまた低声で答えて、立ちあがった。

縁側に吊している風鈴が、ちりちりーんと鳴り、風が家のなかを吹き抜けていった。

徳右衛門は浴衣から着流しに着替えると、縁側に立って空を見た。曇り空だが、雨は降りそうにない。

庭の隅に大きな朝顔が花を開いていた。曇っているので、花を閉じるのを忘れているようだ。それに気をよくしている蝶が蜜を吸っていた。

家を出た徳右衛門は、散策するようにゆっくり歩いた。だが、すぐに足を止めたのは、背後に人の視線を感じたからだった。振り返ると、近くの垣根の陰にさっと隠れる影があった。男だが、はっきりとした姿は見えない。
徳右衛門は眉宇をひそめた。
「何者だ？」
声をかけると、垣根に挟まれた猫道を急いで駆け去る足音がした。徳右衛門が
その猫道をのぞき込むと、男は先の角を右に曲がって見えなくなった。
見えたのは後ろ姿だけだったが、ひょっとすると、昨夜、粂次から聞いた盗人
かもしれないと思った。
徳右衛門は心配になり、一度家に戻り、志乃に注意をして、出なおした。近道
をして四谷伝馬町の中島屋に行くつもりだったが、さっきの不審な男のことが気
になり、岡っ引きの粂次を探すことにした。
粂次のことは四谷伝馬町一丁目の自身番に行けばわかるはずだった。いつもそ
こに詰めているのだ。
「親分でしたらさっきまでいたんですが、いまはどこを歩いているかわかりませ
んね」
自身番の書役はそういった。痩せた初老の男だった。
「昨日泥棒騒ぎがあったと聞いたのだが、どういうことか知っているか？」

「ここ二、三日のうちに立てつづけに、盗人の入っている家があるんです。しかし、盗む金が少ないので、家人の気づくのが遅いらしいんです」

「つまり大金は盗んでいないということだろうか……」

「さようで。一両だったり、二両だったりと。それもちょっとしたへそくりだったりするので、わかりにくいらしいのです。被害にあっているのは二軒、三軒じゃないかもしれませんし、ひょっとすると子供の仕業かもしれません」

「子供の仕業ね。……なるほど。まあ、わたしも気をつけることにしよう」

大まかなことはわかった。

ただ、家のそばで見かけた男のことが気になってはいるが、とりあえずお弓という中島屋の娘をひと目みたいと思い、甲州道中に出た。

曇り空のせいか、往来が閑散としているように見える。建ち並んでいる商家も、天気のせいかうす暗い感じがする。

中島屋はすぐにわかった。暖簾をくぐって店に入ると、客を迎える明るい声が飛んできた。徳右衛門は何も買うつもりはなかったが、冷やかしでは悪いと思い、大きめの玉蜀黍(とうもろこし)を八本ほど求めた。その間に、店の奥や帳場横の部屋に視線をめぐらせたが、若い娘どころか女中の姿さえ見えなかった。

大店のほとんどは、店先に女を置かないのが通例だ。女中や女の奉公人は、だいたい裏の仕事をしていることがほとんどだからである。

代金を払って店を出ると、裏にまわってみた。すると、ちょうど裏の勝手口からひとりの娘が姿をあらわした。

（あの子か……）

娘は徳右衛門のほうに歩いてくる。

花柄の浴衣に下駄を履いていた。桜色のふっくらした頰に、くりっとした目。可愛い娘だった。

「ちょっと訊ねるが……」

徳右衛門が声をかけると、娘はびっくりしたように立ち止まり、きらきら光る瞳を向けてきた。

「この近くに愛染院という寺があるはずだが、ご存じないかな」

娘は少し考えてから、後ろを振り返り、

「この道の突き当たりを右に行ったところにあります」

と、はっきり答えた。

「お嬢ちゃんは、この家から出てきたようだけど、ここの娘さんかな」

娘は徳右衛門を見たまま、こくんと頷く。

「ではお弓ちゃんだね」

「どうして知っているのですか？」

けなげな顔でお弓は聞く。

「この辺の町で可愛いと評判だよ」

へっと、お弓は首をすくめ、照れる笑みを浮かべた。

「わたし、そんなこと聞いたことありません」

「そういう噂は、当人には入ってこないのだよ。いや、どうもありがとう」

徳右衛門はそのまま歩き去った。もちろん愛染院というのは口実である。

出かける際に見かけた不審な男の影が、何となく気になっている。帰り道に粂次に会えば、盗人の件をもっと詳しく聞こうと思ったが、会えずじまいだった。

自宅屋敷に帰ったが、変わったことはなかった。

しかし……。

不審な影は徳右衛門の屋敷の近くにいたのである。

四

沢蔵はまちがいないと確信した。

（やはりお嬢さんだった）

内心でつぶやきながら、先手組の組屋敷地をあとにした。痩せた体に浮いたあばら骨が、接ぎのあたった古着の胸にのぞいている。こけた頬に無精ひげを生やしていた。

三十九という年齢だが、長年の苦労と貧乏のせいで十歳は老けて見えた。

（お嬢さんは幸せになられていた。それはよかった）

沢蔵は胸中でつぶやきながら歩きつづけた。

（あの旦那さんは、浜野徳右衛門というのか……。人のよさそうな顔をされている）

そんなことを考えながらも、息子のために玉子を買って帰ろうと自分にいい聞かせる。

（お子さんが二人。元気そうで何よりだ。お役人はいいなァ……）

沢蔵は暗い空を見あげる。

どんよりした薄い雲が広がっている。天気はいやだけど、こういう曇った暗い空もいやだと思った。なんだか自分の心を映しているような気がして好きになれないのだ。

四谷伝馬町三丁目で玉子を四個買うと、それをさも大事そうに持って家路を急いだ。玉子は高価だ。めったに食べられる食い物ではない。だが、無理をしてでも病弱な倅に滋養をつけさせなければならなかった。

住まいは四谷塩町二丁目の裏店だった。すぐそばに長善寺という寺がある。半年前に死んだ女房の墓もそこにある。住職に願い倒して、ようやく入れてもらったのだ。

住まいの長屋はいまにも倒れそうな建物だった。どぶ板のほとんどは外れているか、外れかかっている。

家の戸も建付が悪くなっていて、足で蹴らないとうまく開け閉めできなかった。

腰高障子は接ぎだらけである。

「おとなしくしていたか?」

沢蔵は開け放しの戸から三和土に入って、倅の文次郎(ぶんじろう)を見た。

「うん」

文次郎は小さくうなずく。

「今夜は玉子を食わせてやる。うまいぞ」

「もう、仕事は終わったの？」

「今日は早仕舞いだ」

「じゃあ、ずっと家にいるんだね」

「いるよ。蚊が多いな」

沢蔵は腕に張りついた蚊を、ぺしりと叩きつぶして、目の前を飛んでいる蚊を手で追い払った。

「ああーあ、蚊に刺されまくってるじゃねえか」

文次郎はしきりに腕を掻いていたが、首のあたりにも蚊に刺された痕（あと）がいくつもあった。

「蚊遣りをつけてやるからな」

沢蔵は戸口のそばと、勝手口のそばに置いている蚊遣りをつけた。それだけで安心はできないが、ずいぶんましになる。

「懐かしい人に会ってな」

沢蔵は文次郎の前に座っていう。唯一の話し相手は倅だった。

「懐かしい人……」

「ああ、そうだ。きれいな人だったけど、いまも変わらなかった。娘と息子がいるんだ。旦那さんは偉いお役人だ」

「ふうん」

「おまえにも、そんな偉いお役人になってもらいてえが、身分がちがうからな。おまえがちゃんとしたお武家の家に生まれてりゃ、こんな貧乏長屋で育つこともなかった。だけど、そんなこといってもどうしようもねえからな」

「……」

「昼飯はちゃんと食ったか？」

「食ったよ」

沢蔵は流しをちらりと見た。おにぎりを作って出かけたが、載せていたその皿が流しに置かれていた。まだ、洗い物のできる年ではないから仕方ない。

「誰か訪ねてこなかったか？」

文次郎は首を横に振った。

「そうか……」

沢蔵は小さなため息をついて、煙管に火をつけて吹かした。

長屋は静かである。蟬の声がするぐらいだ。

「文次郎……」

声をかけると文次郎が顔をあげて見てくる。足を投げだして、壁により掛かっている。

「近いうちにこの長屋を出るからな」

「出てどこに行くの？」

「世田谷村ってところがあるんだ。江戸からさほど遠いところじゃねえ。そこに親戚があるんだ。おとっつぁんは、そこの親戚の世話になろうと思ってんだ。おまえもそうだ。百姓仕事をするんだ」

「百姓……」

「ああ、もう人の家に仕えるのはあきたし、くたびれた。おまえのおっかさんも、おっちんじまったから、おまえの面倒を見る人がいるだろう。親戚の家に行きゃ、おまえの相手をしてくれる子供もいるし、世話を焼いてくれる婆さんもいる」

「ふうん。……いつ行くの？」

「親戚の使いが来てからだ。その使いが親戚の返事を持ってくるはずなんだ」

「……」

「まだ早いが、夕餉の支度でもするか」

沢蔵は煙管の雁首（がんくび）を、灰吹きに打ちつけて腰をあげた。

五

徳右衛門が粂次に会ったのは、二日後の下城時だった。

「何やらこそ泥が出ているらしいな。そんなことを聞いたが……」

「これが始末にわりいから困ってんです。盗む金が小せェんで、盗まれたほうも気づくのに日にちがかかるんです。それに、気づいてねえ家もあるようなんです」

粂次の馬面には小さな汗の粒が浮かんでいた。

「なんでも一両とか二両しか盗まぬらしいな」

「もっと少ないときもあるんでしょう。二分とか一朱とか……。そばにもっと金の入った財布があっても、そっちに気づかねえのか、手がつけられていねえってんで、おかしなもんですが、掏摸（すり）より質（たち）のわりい野郎です。それにしてもあちィなあー」

粂次は団扇をあおぎながら、恨めしそうに空を見あげる。ぎらつく日が大地を焦がしていた。

徳右衛門も釣られて空を見たが、すぐに視線を戻して、麦湯を飲んだ。麴町十一丁目の茶店で休んでいるのだった。

軒先に吊してある風鈴が、ちりんちりんちりん鳴っている。

「しかし、その盗人のことはどうしてわかったのだ？」

「盗んで逃げるところを見た人がいるんです。それも三人ほどです。ところが三人とも顔は見ていない。後ろ姿ばかりです」

「どんな背恰好だ？」

「痩せた男です。背は高からず低からずってとこで、ほっ被りをしていたそうで……」

「年のころは？」

「三十だっていう人がいれば、もう四十は越えてるって人もいるんですが、顔を見てねえんだからわからねえですよ。ただ、見たって人がいう、盗人の身なりは同じです。縦縞紺木綿の着物に梵天帯（ぼんてんおび）、それに股引（ももひき）に草履履きです」

「何やら中間か小者のような出で立ちだな」

「被害にあったのは留守の多い家ばかりです。これまでの聞き込みで、八軒の家に盗みに入ってんのがわかってやす。旦那の家も気をつけてくださいよ。とくに家を空けるときは……」

粂次は自身番に詰めている番人に突棒(つくぼう)を持たせて、ときどき見廻りをしていると付け加えた。

粂次と捕り方が歩きまわっている、と慎之介がいっていたが、おそらくその見廻りを見てのことだったのだろう。徳右衛門はそう思った。

「小平次、粂次の話を聞いただろう。おぬしも気をつけなければな」

「いえ、あっしの家には盗人なんて入りませんよ」

「それはわからねえぜ。長屋の家は戸締まりをおろそかにしてるところが多いから、小金を狙う盗人には恰好の場かもしれねえ。ま、いまんとこ長屋は荒らされてねえようだが。さあて、あっしはこれからひとまわりです。旦那、何か気づくことがあったら知らせてください」

粂次は床几から立ちあがると、それにしてもあっちぃなァ、といって歩き去った。

徳右衛門も残りの麦湯を飲みほして、帰路についた。

「ちょっとした道草だったが、あの親分も顔に似合わずよくやってるな」

「旦那さん、顔に似合わずは余計でしょう」

小平次の言葉に、徳右衛門は手にしていた扇子を自分の額に打ちつけ、

「これはたしかに失敬であるな」

と、苦笑してつづけた。

「しかし、あの真面目ぶりは、あの顔からは想像しがたいのだ」

「たしかに、色の黒い馬面ですからね」

「これこれ小平次、おまえもよくいうようになった」

「あ、いけねえ」

小平次はひょいと首をすくめた。

自宅に戻った徳右衛門は着替えをしながら、粂次から聞いた盗人のことを、脱いだ肩衣と半袴を片づける志乃に話した。

「小金を狙う泥棒っておかしいですわね。それとも、そんなお金しかその家にはなかったのでしょうか」

「そうではないらしい。大金の入った財布がそばにあっても、そっちには手をつ

けないらしいのだ」

「どうせなら一度に大金を盗んだほうがいいでしょうにね」

「盗人は痩せた男だ。顔はわからないが、縦縞の紺木綿の着物に梵天帯、それに股引に草履履きらしい」

「縦縞って棒縞でしょうか……」

袴をたたみ終えた志乃が、目をしばたたきながら見あげてくる。

「まあ、そうだろう」

「ひょっとすると、わたしその泥棒に出くわしているかもしれません。ほら、この前買い物に行った帰りに会った男の話をしたでしょう」

「そんな話をしていたな」

「あの人、わたしを見て、なんだかびっくりしたような顔をしたんです。どうして、あんな驚き顔をしたのかよくわからないんですけど……」

「年はいくつぐらいだった？」

「ほっ被りをしていたのでよくはわかりませんが、四十の坂は越えているような気がしました。それに棒縞の着物だったような気がするんです」

志乃は、もしやあの人が盗人なのでは、と付け足した。

すると、徳右衛門も思い出したことがある。中島屋の娘を見に行くとき、家の近所に不審な男がいた。逃げるように去っていったが、あれも棒縞の着物だったはずだ。帯は梵天帯だったかどうかわからないが、尻端折りをしていて、股引を穿いていた。

「志乃、その盗人はこの辺の家を狙っているのかもしれぬ。気をつけろ」

「いわれるまでもなく注意をしています」

「小金を狙う盗人らしいが、乱暴を働くかもしれぬからな」

六

世田谷村から平吉という使いが来たのは、さあっと夕立が来て、幾分暑さが和らいだころだった。

「それじゃ、いつ行ってもいいってことだな」

「旦那さんはかまわないといっておいでした。それで、いつごろ来るかおおよそのところを聞いてこいといわれまして」

沢蔵は少し考えて、

「この家を引き払う段取りがあるから、五日後ってことにしよう。ちゃんと文次郎のこともわかってんだろうな」

と、いった。

「子供はわたしがこのまま連れていってもいいんですが、どうします？　旦那さんはそうしてもいいといってましたが……」

平吉は沢蔵から文次郎に視線を移した。

「文次郎はおれといっしょでなきゃだめだ。おれが連れていく」

「それじゃ五日後に村のほうに来ると伝えておきます」

「そうしてくれ」

平吉は持参の野菜を置いて、そのまま帰っていった。居間の上がり口に置かれた野菜は、世田谷村で採れた胡瓜といんげん、玉蜀黍、茄子、大根だった。ありがたい親戚の気遣いだった。

「文次郎、聞いただろう。あと五つ寝たら江戸を離れて、世田谷村に行くからな」

文次郎はうんと頷く。

「世話になる親戚は、おとっつぁんの叔父さんだ。おまえの爺さんの兄弟だ。爺さんには会ってないからわからないだろうが、そういうことだ」

文次郎は理解できないらしく、小首をかしげた。

「まあ、そのうちわかるようになる。こうなると忙しくなるな。明日は大家に引っ越しすることをいって、長屋の人にも挨拶をしなきゃならねえ」

そういったあとで、親戚にも土産を持っていかなければならないと思った。それには金がいる。

夏の夕暮れは長いから、外はまだ明るかった。夕立が去ったせいか、蝉の声に勢いがついていた。

「文次郎、おとっつぁんはちょいと出かけてくる。なに遅くはならねえから、安心しな」

「早く帰ってきてよ」

「ああ、そうする。秀坊（ひでぼう）とでも遊んでいな」

秀坊というのは、同じ長屋の子供だった。文次郎よりひとつ上だが、体が大きかった。もっとも文次郎は栄養が不足しているのか、育ちが悪く華奢（きゃしゃ）なので、比較すると目立ってそう見えるのかもしれない。

長屋を出た沢蔵は、甲州道中に出たところで、どこに行こうか迷った。

手持ちの金は少ない。親戚の家には手ぶらでは行けない。これから長く世話になるのだ。礼を失したら、笑い者になりかねない。

（やっぱり金がいるな……）

心中でつぶやく沢蔵は、これを最後にしようと思った。

行き先は決めていないが、足は何とはなしに尾張家上屋敷のほうに向かう。

（うまくいったら、挨拶だけでもしにいこうか……）

いや、やっぱりやめよう、と沢蔵は心の内で否定する。

いまさら合わせる顔などないのだ。それに先方は幸せに暮らしている。おれみたいな男が訪ねていっても迷惑がられるだけだろう。

沢蔵はそのまま北伊賀町の町屋を、何となく通り過ぎた。しかし、目だけはあちこちに動いていた。以前より目をつけている家が何軒かあった。

もうやめようと思っていたのに、盗みの味を占めてしまった沢蔵の心は抑えが利かない。それにしても、しけた盗みをつづけてどうなると、自分で自分のことを苦々しく思う。

（おれも落ちぶれたもんだ。もっとも落ちぶれたのはいまにはじまったことじゃねえが……。女房が生きていりゃ、こんなこともしなかったんだろうが……）

歩きながら悲しい気持ちになった。

沢蔵は大きく息を吸って吐きだした。

西の空に浮かぶ雲がきれいな夕焼け色になっていた。雲の切れ目から神々しい光の条が、何本も地上に射していた。

もう北伊賀町の外れまで来ていた。そのあたりは武家地である。西側は松平摂津守上屋敷の長塀、東側に大小の旗本屋敷が建ち並んでいる。

沢蔵は武家地の狭い通りに入った。板塀や石垣塀をめぐらしてある屋敷は見向きもしないが、生垣だけで屋敷内の様子がわかるところには注意の目を凝らす。

しかし、留守をしている家はなかった。どの家も縁側の雨戸を開けてある。つまり、家人か使用人がいるということだ。

やって来た時刻が悪かったか、と内心で舌打ちする。

すでに沢蔵は、盗みに入る心構え十分だった。悪いことをしているんだという後ろめたさを忘れ、どうやったらうまく盗みに入れるか、そのことが頭のなかを占めている。

ケチ臭い金でなく、これかぎりにするんだから、大金を狙いたい。そんな気持ちにもなっていた。

(最後の盗み働きだ)

と、自分にいい聞かせもした。

しかし、入れそうな屋敷はなかった。気づいたときには、先手組の組屋敷にやって来ていた。

(ここは気乗りしないんだがな……)

と思う矢先に、寝番で家を空けている同心屋敷があることを、沢蔵は熟知していた。家人と使用人が出かけていれば、容易く入ることができる。

さっさとすませてしまいたいと、心が焦ってきた。日はようようと弱まってきている。

だが、以前より目をつけていた家には、ことごとく人の姿があった。下城してくる与力や同心がいるから、そのことにも気をつけなければならなかった。

焦りながらも、「ここは!」という家に行きあたった。沢蔵は脇道に入り、周囲に警戒の目を配り、生垣越しに家の様子を窺った。雨戸は閉まっているし、玄関も閉まっていた。家の裏にまわって、生垣を掻き分けて屋敷内に入ろうとしたときだった。

「待たぬか」

静かな声とともに、首筋に冷たいものがあてられた。とっさに身を竦めたが、刀を突きつけられていては逃げられない。まさに心の臓が止まるかと思うほど驚いた。

「こっちを向け」

沢蔵はおそるおそる、振り返った。身も心も凍りついていたが、刀を突きつけている相手を見て、

「あッ」

と、小さな驚きの声を漏らした。

七

徳右衛門は眉宇をひそめた。

「わたしを知っているのか？」

男はそんな顔をしていた。

「いいえ」

男は貧相な顔を振った。棒縞の着物に、梵天帯、そして股引姿だ。

「先日の男だな。何をしようとしていた？　盗みに入るところだったか？」

「あ、いえ。どうかお見逃しを。お助けくださいまし。お願いでございます」

男は拝むように手を合わせて許しを請うた。

「さては、このあたりで小金を盗んでいたのはきさまだな。そうであろう。もはや逃げられはせぬ。観念することだ」

「お許しを、どうかお許しを」

男はぶるぶる震えながら、早口でつづけた。

「わたしは以前、秋山市右衛門（あきやまいちえもん）様に仕えていた中間でございます。あなた様は秋山様のお嬢さんといっしょになられた浜野様でございましょう。わたしは知っております。どうかどうか、お許しをお願いします。わたしには体の弱いひとり息子がいます。わたしがいなくなれば、あの子は生きてはいけません」

「なにィ」

徳右衛門は片眉を動かして、男を凝視した。

秋山市右衛門というのは志乃の父親である。

「まことに義父に仕えていたと申すか？」

「う、嘘ではございません。先日、お嬢様、いえ志乃様にばったり出くわして、驚いたんでございます。秋山様に仕えていたのは一年ほどでした。もう、十数年も前のことなので、志乃様はお忘れになっているかもしれませんが、わたしはしっかり覚えております。ほんとうです。どうかお許しを、お許しを」

男は泣きそうな顔で懇願する。痩せこけた顔には深い悲哀の色があった。襟元にのぞく胸には肋（あばら）が浮いている。

「子供がいるといったが、ほんとうにいるのか？」

「はい、まだ四つで何もわからない幼い子です。女房が半年前に病で死んでしまったので、わたしが世話をしなければあの子も死んでしまいます。お願いです。ほんの出来心で、魔が差しただけです。助けてください。お願いします」

男は目に涙をためて必死に懇願した。

徳右衛門は迷った。自身番に連れて行くつもりだったが、志乃を知っていて、義父に仕えていたとなれば、少し考えなければならない。

「名はなんと申す？」

「沢蔵と申します。お嬢様、いえ志乃様はきっと思い出してくださるはずです」

徳右衛門は警戒を緩めずに、じっと沢蔵を見つめた。

先日、志乃が見かけた男は沢蔵だったのかもしれない。だから、志乃を見て驚いた顔をしたのだろう。

「よし、ついてまいれ。逃げる素振りを見せたら、遠慮なくばっさりいくから心得て歩け」

徳右衛門は刀を引いて、鞘に納めた。

沢蔵は逃げませんと泣きそうな顔でいって、おとなしく徳右衛門についてきた。

家に帰ると、志乃を呼び、慎之介と蓮を自分たちの部屋に下がらせ、茶の間で沢蔵と向かいあった。

沢蔵は縮こまっていた。

「ほんとうに、沢蔵なの……」

徳右衛門からざっと話を聞いた志乃は、のぞき込むように沢蔵を見たあとで、小さく口を開いた。思いだしたという顔だ。

「あなた、ずいぶん面変わりしたわね。昔はもっと肉づきのよい体をしていたはずですよね」

「苦労が絶えませんで……」

沢蔵はしょんぼりとうなだれる。

「子供さんがいるってほんとうなの？」

「います。文次郎という名で、まだ四つです。育ちが悪くて、他の子より小さくて、体が弱いんです」

「奥さんはなぜ亡くなったの？」

「あっしにもよくわからないんですが、三日ばかり熱を出して臥せっていたら、ぽっくり逝ってしまったんです。お願いです志乃様、どうか見逃してください。あっしは江戸を離れ、倅といっしょに親戚の家に行くことになってるんです。もし、御番所に突き出されたら、倅は生きていけません。助けてください。お願いでございます。このとおりでございます」

沢蔵は畳に額をつけて、肩をふるわせて泣いた。

徳右衛門と志乃は顔を見合わせた。互いに許してやろうかという目をしていた。

「沢蔵、顔をあげろ。それでは話ができぬ」

徳右衛門の言葉に、沢蔵は泣き濡れた顔をあげた。

「四谷界隈で、小金を狙った盗人が出没していたが、それはおまえの仕業か？」

「………」

沢蔵は膝に置いた手をにぎりしめ、唇を噛んでうつむく。

「どうなのだ？」

「……はい、わたしです。大金を盗めば、捕まったときに罰が重くなると思いましてそうしました。それに入る家は暮らしに困らないような家ばかりでして……。悪いと思いながらも、やめることができなくなりまして、それも女房が死んで暮らしがきつくなったからですが、悪いことは悪い、はいよくわかっております」

「十両盗めば首が飛ぶ。それが恐ろしくて、小金を盗んでいたというか。たわけたことを。盗んだ金を合わせて十両でも同じことだ」

「ヘッ……」

「これまでいかほど盗んだ？」

「そ、それは……しかし、十両には届いていないはずです。当面の暮らしをしのぐだけの金があればよかっただけでして……」

「お仕事はしていないの？」

志乃だった。

「女房が死ぬまでは、ある殿様の家に世話になっておりました。ですが、女房がいなくなると、子供の世話がありますので、通い奉公ができなくなりまして……」

「それでやむなく盗みを働いたというわけか」

沢蔵はちらりと徳右衛門を見て、申しわけありませんと頭を下げた。

「おまえの言葉をすっかり信用したばかりに、わたしが恥をかくことになるやもしれぬ。よし、それなら沢蔵、おまえのいっていることが嘘か真か調べるために、おまえの家に案内するのだ」

「それじゃ許していただけるんで……」

「それはあとの話だ。さあ、案内しろ」

八

沢蔵の言葉に嘘はなかった。

徳右衛門は幼い文次郎を見て、胸が痛くなった。四つにしては体が小さく、腕も足も細い棒のようだった。

しかし、色白の顔にある澄んだ瞳には一切の汚れがない。たしかに沢蔵がいなければ、文次郎は生きていけないだろう。そのことがよくわかった。

「沢蔵、これからは心を入れ替えて生きてくれ。この子のためでもある。おまえがしっかりしなければ、この子を幸せにはできない。そうであるな」

「はい、まことにさようで……」

「母を亡くしている文次郎のためにも、父親としてよく面倒を見、立派な男に育てるんだ。親戚の家に世話になるそうだが、邪な気を起こしてはならぬぞ」

「はい、もう金輪際、世間に顔向けできないような恥ずかしいことはやりません」

「今日のことは誰も知らぬこと。わたしも口外はせぬ。だから、いまいったことは男と男の約束だ。わかっているな」

「はい重々にわかっております。ありがとうございます。ほんとうにありがとうございます」

沢蔵は泣きながら頭を下げた。

「しかし、志乃に会ったのが運の尽きであったな」

「あのときは心の底から驚きましたが、挨拶をしたらまずいと思い、そのまま逃げるように立ち去るしかありませんでした」

「おまえが義父の家に仕えていたとき、志乃はいくつだった?」

「十五でした。わたしは二十六の独り身でして、人宿の紹介で世話になったのですが、それはもうきれいなお嬢様でした。近寄りがたいほどで、わたしはまともに口を利くことができませんでした。それなのに、お嬢様のことを遠くから見るのが毎日の楽しみで……あ、こんなことをいっては失礼ですね。申しわけありません」

「気にすることはない。そうか、志乃はそんなに器量よしだったか」

「はい、それはもう道を歩けば誰もが振り返るような娘さんでした」

志乃の話をするときにかぎって、沢蔵の目はきらきらと輝いた。

「とにかく幸せに暮らせ」

徳右衛門はそのまま沢蔵の長屋を出た。

すでに日が暮れ、町は薄い闇に包まれていた。通りには各家の炊煙がたなびき、楽しげな笑い声も聞こえてきた。

ほろ苦い気持ちのまま家に帰ると、ありのままを志乃に話した。

「それは仕方ないことだと思います。沢蔵のやったことは許すわけにはいきませんが、心を入れ替えてやってくれるなら、わたしたちが黙っていればいいことですからね」

「うむ、それにやつが盗んだ金も大したことはない。盗まれたほうは我慢ならないだろうが、それで家が倒れたり、一家が飢え死にするわけではないようだからな」

「生きていると、いろんなことがあるんですね」

「まったくだ」

そういった徳右衛門は、遅い夕餉の膳についた。蓮と慎之介はそうそうにすまして、自室に引き取っていた。

「そういえば、あの沢蔵。そなたに恋心を抱いていたようだ」

「えッ」

志乃は徳右衛門に酌をしかけた手を止めて、目をみはった。

「嘘じゃない。あやつ、そなたのことをひそかに思っていたのだ。それに道を歩けば誰もが振り返るような娘だったといった。そなたも娘盛りだったのだな。わたしもそのときの志乃を見てみたいものだ」

「ま……」

志乃は照れたのか、頬を赤くして徳右衛門に酌をした。

「それにしてもやれやれだ。ひょっとすると、いまの慎之介も、沢蔵と同じような気持ちなのかもしれぬな」

「それはどうでしょうか」

「とにかく沢蔵父子の幸せを祈るしかない」

「そうですね」

志乃は徳右衛門に応じて、やさしく微笑んだ。

それから五日後の朝、沢蔵が文次郎を連れて挨拶にやって来た。

「なに今日江戸を発つのか」

「はいこれから世田谷村に向かいます。しかし、浜野様に挨拶とお礼もいわずに去るのは心苦しいと思いまして……」

「そんなことは気にせずともよかったのに」

「志乃、文次郎を見ろ。きれいな目をしているだろう」

「ほんと、きれいな目。しっかり食べて大きくなってね」

志乃はしゃがんで、文次郎の片手を取り頭を撫でてやった。それから立ちあがると、

「沢蔵、しっかり働いてくださいね。それがこの子のためですからね」

と、いって、これは餞別だと紙包みをわたした。

「こんなことをされては困ります」

「何をいうの。ほんの気持ちですよ」

た。

「遠慮はいらぬ、取っておけ」

徳右衛門が勧めると、沢蔵は金の入った紙包みを押し戴いて、目に涙を浮かべた。

「ありがとうございます。浜野様と志乃様のご恩は決して忘れません。では、これで失礼させていただきます」

「達者で暮らせ」

「お達者でね」

徳右衛門と志乃が励ますようにいえば、沢蔵は涙を堪えて、何度もお辞儀をしながら去っていった。

小さな文次郎は痩せた父の手をしっかりつかんでいた。その二人の姿が角を曲がって見えなくなると、

「さて、わたしは登城しなければならぬ」

と、徳右衛門は玄関に戻った。

志乃があとから追いかけるようについてくる。

蟬の声がひときわ高くなり、澄みわたった青空にひびいた。

文春文庫

やれやれ徳右衛門（とくえもん） 幕府役人事情（ばくふやくにんじじょう）

定価はカバーに表示してあります

2015年5月10日　第1刷

著者　稲葉稔（いなばみのる）

発行者　羽鳥好之

発行所　株式会社　文藝春秋

東京都千代田区紀尾井町 3-23　〒102-8008
TEL　03・3265・1211
文藝春秋ホームページ　http://www.bunshun.co.jp

落丁、乱丁本は、お手数ですが小社製作部宛お送り下さい。送料小社負担でお取替致します。

印刷・大日本印刷　製本・加藤製本

Printed in Japan
ISBN978-4-16-790364-0

（　）内は解説者。品切の節はご容赦下さい。

井川香四郎
かっぱ夫婦
樽屋三四郎　言上帳

ガラクタさえも預かる質屋を営み、店子の暮しを支える長屋の大家夫婦。だが悪徳高利貸しが立ち退きを迫り——。敢然と立ち上がった三四郎の痛快なる活躍を描く、シリーズ第11弾。

い-79-11

風野真知雄
耳袋秘帖　妖談うしろ猫

名奉行根岸肥前守のもとに、伝次郎が殺されたとの知らせが入る。下手人と目される男は「かのち」の書き置きを残して、失踪していた。江戸の怪を解き明かす新「耳袋秘帖」シリーズ第一巻。

か-46-1

風野真知雄
耳袋秘帖　妖談かみそり尼

高田馬場の竹林の奥に棲む評判の美人尼に相談に来ていたという女好きの若旦那が、庵の近くで死体で発見された。はたして尼の正体とは。根岸肥前守が活躍する、新「耳袋秘帖」第二巻。

か-46-2

風野真知雄
耳袋秘帖　妖談しにん橋

「四人で渡ると、その中で影の消えたひとりが死ぬ」という「しにん橋」の噂と、その裏にうごめく巨悪の正体を、赤鬼奉行・根岸肥前守が解き明かす。新「耳袋秘帖」シリーズ第三巻。

か-46-3

風野真知雄
耳袋秘帖　妖談さかさ仏

処刑寸前、仲間の手引きで牢破りに成功した盗人・仏像庄右衛門は、下見に忍び込んだ麻布の寺で、仏像をさかさにして拝む不思議な僧形の大男と遭遇する——。新「耳袋秘帖」第四巻。

か-46-4

風野真知雄
耳袋秘帖　妖談へらへら月

年の瀬の江戸で、「そろそろ、月が笑う」と言い残して、人がいなくなる「神隠し」が頻発し、その陰に「闇の者」たちと幕閣の危険な動きが……。「妖談」シリーズ第五巻。

か-46-11

風野真知雄
耳袋秘帖　妖談ひときり傘

雨の中あでやかな傘が舞うと人が死ぬ——。毛の雨が降り、川が血の色に染まる江戸の〝天変地異〟と連続殺人事件の謎に根岸肥前が迫る！　「妖談」シリーズ第六巻。

か-46-20